黒い記憶

――戦場の摩文仁に在りし九歳の――

大城静子

Oshiro Shizuko

コールサック社

戦場の摩文仁に在りし九歳の黒い記憶の渦巻きて消えず

目次

沖縄本島周辺地図（＊市町村名は沖縄戦当時）

黒い記憶

——戦場の摩文仁《まぶに》に在りし九歳の——

大城静子

一章　赤とんぼ

いくさ前夜空を埋めたるあのとんぼこの世の不思議まなこに消えぬ

歩行者天国を気ままに歩くことも、上京して十年来の祥子の楽しみの一つである。Mデパート本店を出るといつも通りのコースで、銀座にむかって日本橋を歩きはじめた。心なしか、川の水がきれいになったと思いながら水あかりの方へ目をやっていると、すぐ目の前の橋の欄干に、赤とんぼが一匹止まっていた。

〈あら、こんなところに赤とんぼが〉

一瞬、幻覚を見たようなおどろきであった。あの日以来、長い歳月赤とんぼを見かけたことがなかった。祥子は足を止めて、しげしげとその赤とんぼを見つめていた。折しも上空に聞こえていた旅客機の音に、遠い日のB29機や戦闘機の音を聞いたような錯覚におちいりかけていた。五十年前の、あの虫の知らせとしか言いようのなかった出来ごとが、走馬灯のように祥子の眼裏《まなうら》に浮かんだ。

祥子の脳裡には、少女の頃の黒い記憶を呼び起こす、赤とんぼ、みんみん蟬、蛍火、緑鳩《あおばと》、梟などが棲みついている。

奇しくも、赤とんぼを見かけたこの日が、十月十日の日であることに、祥子は不可思議なものを感じていた。

昭和十九年の夏頃から、祥子の家族は、真和志《まわし》村字楚辺《そべ》の母の実家に避難をしていた。那覇から人力車で三十分ほどの郊外にあり、港町に住んでいた祥子には田舎であった。

母の兄は気象台に勤務しながら、同居の祖母といっしょに菜園と家畜の世話をしていた。四方に野菜畑があり、その中に大きな赤瓦の家があった。その母屋の他に離れ家が二つあってその一つに祥子の家族は住むようになった。

屋敷の前を小川が流れていて、水際にウンチェーという野菜が生えていたが、朝顔の形をしたその白い花は、さやさやと風に游《およ》いでいた。祖母は時々その野菜と手作りの豆腐で、田舎風の味噌汁を作ってくれた。

田舎といっても専業農家は無く、近所には十四、五軒の家があるだけで、少し離れた所に農事試験場や、無線局、刑務所等の社宅があって、本土から派遣されてきた役職の人たちが住んでいた。

従姉妹のエミ子、和子と遊ぶ原野から見下ろすと、農事試験場の甘蔗《さとうきび》畑や、甘藷畑が広がっていた。畑の中を流れている用水路の音も、甘蔗の葉のざわざわも、日暮れになるとさみしいものであった。田舎の日の暮れは早く、夕焼けを見て遊ぶ子はいなかった。祥子は、那覇の海岸で夕景を楽しんだ日のことを思いながら、独りで庭先に立って夕空を見ていた。

その日の夕焼けは、空一面に絵筆を走らせたように奇妙な彩りであった。移りゆく雲の流れも速く、〈気味がわるい〉と思いながら見ていた。

それはまるで夕焼けの中から出てきたように、大群の赤とんぼは茜の空から飛んできた。みるみる内に、祥子の立っていた家の前まで押し寄せてきた。

「おかあさん、とんぼがたくさん飛んできたよ、早く早く」

突然の赤とんぼの大群におどろいた祥子は、大きな声を張りあげていた。母の孝子は慌てて出てきたが、もう空が見えないほど辺り一面赤とんぼでうまっていた。

「ヤッチー、ヤッチー」

と大声で呼ぶ母の声に、伯父の家族もみんな急いで出てきた。

「台風が近いな」

と伯父はぽつりと言った。

「わたしは六十近くなる今まで、こんなたくさんのとんぼを見たことがないよ」

と祖母はなぜか、不安そうな声であった。

　近所の人たちも、この異様な光景に気付いて、伯父の屋敷の前に集まっていた。子供たちは赤とんぼの大群にはしゃいでいた。飛び上がって摑もうとする子もいたが、大人が手を伸ばせば届くところで犇めき合って浮いていた。

　羽の擦れ合う音なのか、唸り声なのか、奇妙な音が辺り一面を不気味にしていた。集まっていた近所の人たちは、みんな不安そうな面持ちで、ひそひそと話し込んでいた。祖母は何か不吉なものを感じていた。〈ウートウト、ウートウト〉を呟きながら手を合わせていた。

「いくさのまえぶれだね」

近所のおばあさんの声がした。みんな頷いていた。

「そんなものは迷信だよ。台風の前兆だ」

と厳しい伯父の声がしていたが、だれも聞いていなかった。

「あれは虫の知らせだよ」

と言っていた近所のおばあさんの声が、祥子の耳朶に止まった。

辺りがすっかり暗くなると、あの犇《ひし》めき合っていた赤とんぼは、まるで消え入るように庭木の枝や、辺り一面の野菜畑の上に羽を下ろしてしまった。

祖母は、ひとり娘の母を気づかって、離れまで一緒にきていた。丁度そこへ父が帰宅してきた。

「心配しないでおやすみ」

といいながら祖母は、母の背中で眠っていた弟の恒次を覗き込んでから、母屋へ帰って行った。

父の恒夫は、那覇の港町で祖父と一緒に、食品関係の商売をしていた。その頃は戦時統制時代であったが、祥子たちは、食べる物には恵まれていた。今夕は、妹の道子の三歳の誕生日で賑やかな食卓であったが、父も母も、大群の赤とんぼの話をしていて、少しも箸がすすんでなかった。

寝床に入ってからも明々と電気をつけてあった。心配性の母がそうしていることを祥子はよく知っていた。

「沖縄に戦争が来なければいいのに。子供たちをどうやって守ればいいのか心配ですよ」

「大丈夫だ。沖縄には戦争は来ないそうだ。那覇にいる兵隊さんはみんなそう言っているよ」

赤とんぼ騒ぎで、不吉な予感を抱いていた母の心配そうな声と、父のやさしい声が夜遅くまで聞こえていた。妹のカナ子と道子は、すやすやと寝息を立てていた。祥子は、赤とんぼのことが不思議に思えて、なかなか寝付かれないでいた。

偶然というには、あまりにも不思議な出来ごとであった。赤とんぼが飛んで来たその翌朝、西の空から大群の敵機は唸りを上げて飛んできた。

二章　十月十日空襲

ぐつぐつと燃えつづけたり那覇の町十月の空真っ赤に染めて

早朝の空を揺るがして、飛行機の轟音は西南の空から聞こえてきた。まるで昨夕飛んできた大群の赤とんぼを思わせるように、編隊を組んだ飛行機は、薄雲の中から現われた。

「B29だぞうー、防空壕へ走れー」

菜園の手入れをしていた伯父が叫んだ。祥子は茶碗と杓文字を持ったまま、父は妹ふたりを抱き抱え、母は悲鳴を上げながら、裏の防空壕へ駆け込んだ。母屋のみんなも、近所の人たちも悲鳴を上げながら一目散に走っていた。

敵機襲来のサイレンの音もなく、突然に敵機はやってきて、爆弾の雨を降らせた。小学校二年生の祥子が、学校で受けた訓練は、サイレンが鳴ったらしっかりと防空頭巾を被り、救急袋と水筒を持って冷静に行動することであった。そして敵機を見たら、目と耳を押さえて地面に俯せることであった。祥子の小さい頭の中は混乱していた。

Ｂ29は、物凄くおそろしい爆撃機という噂が流れていて、人々を震撼させていたが、そのＢ29の音が空を裂くようにして、祥子たちのいる壕の上を通り過ぎて行った。敵機の目標は、軍港の軍艦をはじめ、重要な軍部の置かれていた那覇一帯であった。

日本軍の弾薬倉や軍艦の炸裂する音は、地響きを立てて体に伝わってきた。その都度防空壕の中は悲鳴で満ちていた。少し離れて座っていた父は、時々祥子の方を向いてくれた。祥子には、ふたりの妹と弟がいたので、日ごろから独りで行動することに馴らされてはいたが、戦争という恐怖に怯えていたので、父のやさしい眼差しに泣き出してしまいそうな気持であった。

いつもはおっとりとしていた伯母は落ちつかず、御不浄通いをしていた。

「また行くのか」

伯父は小言を言いながら伯母に付いて行ったが、戻って来るときは、お茶とお握りを持ってきた。

祥子たちの上に直接の空襲がなかったので、みんな壕から出て那覇の様子を見ていた。従姉妹たちと一緒に祥子も出てみたが、恐ろしかった。那覇の空は、黒い爆弾で真っ黒であった。

那覇市に空襲が始まってから、二時間ほど経った頃、急に静かになった。この時をじっと待っていた父は、長女の正代のことで那覇の本町まで行くことになった。正代は、父の養父母が、一歳の頃から強引に養女にしていた。

「敵は、燃料や爆弾の補給が済んだら、戻ってくるはずだから、気を付けて行ってくれ」と言いながら伯父は、学校前の通りまで父を送って行った。母は、正代のことで、すっかり憔悴した顔に変わっていた。

空爆の途絶えている間に、みんな各自の家に戻っていたが、思ったよりも早く、敵機はやってきた。午前中にも増して、那覇の空一面をうめつくしたグラマン戦闘機が、唸りを上げていた。耳の奥が、溶けてしまいそうなほど不気味な音であった。みんな慌てふためいて、壕に戻ってきた。ふたたび蹴散らされた野菜畑は、無残な有様になっていた。

「困ったなあ」

と伯父は落ちつかず、防空壕の前に立っていた。

「祥子たちのお父さんが帰ってきたぞー」

伯父の叫ぶような声であった。

「よかった。よかった」

「ご心配をかけました」

と伯父と父が、話しながら入ってきた。父を見るなり、母は泣き出していたが、正代の姿が見えないので、一瞬、顔が引き攣《つ》った表情になった。

「正代たちは無事だから、心配いらないよ」

と父は那覇の様子を話し始めた。

正代の住んでいる家は半焼していたが、あの床下にあった防空壕からは逃げ出して近所の人たちといっしょに、辻町の洞窟《ガマ》で助かっていると言った。那覇の町は、いたる所、火の海になっていて、正代たちが避難していた洞窟《ガマ》までは、行くことができなかったと言った。父は話しながら、下唇がピクピクと動いていた。父は疲れていた。妹
負傷はなかったが、顔は黒く汚れ、服は火の粉を浴びて、穴だらけになっていた。妹

たちは、心配そうな目で父をじっと見つめていた。父のために祖母は、お茶とお握りと黒糖を準備していた。

楚辺と隣接している泉崎辺りで、炸裂音が続いていた。

「この辺りも、危なくなってきたようだから、識名森《しきなむい》の洞窟《ガマ》に避難するぞ」

伯父の声は上ずっていた。

「みなさんも、家で避難の支度をして、日が暮れたら、出かけてください」

伯父は、近所の人に声を掛けていた。

那覇市の空は、あの美しい夕焼けの彩雲ではなく、家々の燃える炎で染まっていた。

祥子たちは、その那覇を背に受けながら、与儀《よぎ》の農事試験場に向かって坂を下りた。暗くなった畑の細道を通り抜けて、与儀の十字路に出た。そこには、息を呑むほどの大勢の人が歩いていた。那覇の戦火の中から、逃れてきた人で道はうまっていた。疲れきって、ただ黙々と、足を引きずっていた。

右手には与儀の部落、左手には農事試験場の甘蔗畑がざわざわと、冬の海のように広がっていた。上間《うえま》識名の森は、だんだん遠ざかってゆくような錯覚におちいっていた。森までの長い一本の坂道は、おぼろげな月に青白く浮き立って、まるで、天にでも上ってゆく道のように見えた。

父は、三歳の道子と、五歳のカナ子を、おんぶに抱っこして、さらに両肩に荷物を掛けていた。三十二歳の若い父であったが、優形《やさがた》の父の姿は、哀れであった。

偶然にも、伯父は気象台の職務上、祥子の父は軍の食糧関係の仕事で、徴兵免除になっていた。その父のことを、神仏からの賜りだと祖母は言っていた。

祥子は、歩き通しで血が滲んでいた足指の痛みに堪えながら、月かげに白く浮く、無表情な坂道を蹴るようにして上っていった。

三章　夕嵐

せぐまりバナナの葉蔭に見上ぐれば不気味に光る偵察機の腹

識名森《しきなむい》の洞窟《ガマ》の辺りは、毒ハブの多い所として知られていた。やっと辿り着いたその洞窟《ガマ》は、那覇の大空襲に追われてきた人たちで溢れ、月夜の森は騒然としていた。ガジマルの樹の下で、一夜を明かした祥子の家族と祖母の家族は、次の避難場所を探して、祖母の出身地である西原《にしはら》村の森に行くことになった。林をぬって続く細い坂道を一列縦隊で下りはじめた。この時から、当て所のない戦火の旅は始まっていた。

木々の間から左手に見え隠れしている長い坂道は、昨夕、必死になって上ってきた道である。その長い坂を下りてゆけば、忘れられない祖母の屋敷に続く道であったが、もう二度とは戻れない気がしていた。祥子は何度もその坂道の辺りを振り返った。

祥子の家族が、祖母の屋敷の離れ家に住んでいたのは、僅か三月ほどであったが、思い掛けない出来事が、祥子の脳裡に深く刻まれていた。

祥子が那覇の上ノ山国民学校から、真和志村の楚辺国民学校へ転入して来たのは、昭和十九年の二年生の二学期からであった。その頃から第二次世界大戦は拡大していて、本土の熊本県や宮崎県へ学童疎開が始まっていた。祥子も疎開の準備をしていたが、行く間際で母が取り止めにして祖母の所へ避難したのである。

祖母の屋敷は小学校の東門の近くにあったが、学校はすでに兵舎として使用されていたため祥子は、転校してから一度も学校で学んだことはなかった。近くにあった刑務所の塀の陰や、ガジマルの樹の下を転々としての青空教室であった。

「兵隊さんも頑張っているのです。皆さんもお国のためにしっかり勉強もしましょう」

とナへ先生の毎朝の挨拶であった。

青空学級への通学路であった馬場跡の通りから見下ろすと、東門の近くに張られた白い天幕がよく見えたが、台の上には毎日死者が横たわっていた。時折、バケツの水を掛けて洗っている光景を見かけるのであったが、祥子は恐怖に震えながら駆足で通っていた。その白い天幕は三つ建っており、奇妙なことに門を出た所の細い道に沿って三基のお墓が並んでいた。

台風雲が夜空を駆けていた九月の中ごろだった。兵舎を抜けだした三人の負傷兵が、白い天幕の中で潜んでいたが、月が雲に隠れるのを見計らって一目散に墓庭へ駆け込んだ。夜の墓庭で白衣の三人が動くさまは不気味であった。しばらくすると腰を屈めて、祥子たちの勝手口の所まで駆けてきた。

台所の格子窓からは、菜園をはさんで学校の東門まで見渡せたが、丁度、食後の片付けをしていた母と祥子は仰天していた。

「こんばんは。お願いです、どうか食べ物を少しいただけませんか。お願いします」

小さい声であったが、夜の静寂の中ではっきりと聞こえた。三人の若い負傷兵は、空腹に堪えられず物乞いにきたのであった。

三人の事情をのみ込んだ母と祥子は、豚肉のたっぷり入った油味噌のお握りを作って渡した。小さな声で礼を言うとまた腰を屈めて墓庭へ走っていった。お握りを食べ終えると白い天幕の中に入っていった。それから塀に沿った植込みに身を隠しながら兵舎に消えていった。

見つかれば体罰を受けて、すぐに最前線行きとなることを承知の上で、三人はその後一週間ほど同じ行動を続けていた。そのことは父も祖母も知っていたが、軍の規律を乱したことに激怒するであろう伯父には内緒にしていた。

いよいよ前線に行くという日に三人の若い兵士たちは、軍人の正装で挨拶に訪れたが、九月の下旬とはいえ未だ夏日の太陽に、ぐっしょりと汗を流していた。十分ばかり縁側に腰を下ろして、祖母がすすめるお茶と黒糖を押し戴くようにして食べていた。

小林さんと佐藤さんは静岡県出身の大学生だといっていた。稲葉さんは埼玉県出身で農家だといった。三人は簡単な自己紹介をして立ち上がると、深々と頭を下げてから直立不動の姿勢で敬礼をしていた。

顳顬《こめかみ》から流れる汗に紛れて涙の粒は落ちていた。祖母も母も頬を濡らしていた。祥子は胸苦しいほどさみしかった。

昭和十九年にはすでに日本軍は、衰態の状況下にありながら、沖縄は燃料補充や武器弾薬の補充、補充隊員、医務科等の基地であるから、この地で戦争することはないと言われてきたが、戦争の魔の手は意外にも早く伸びてきて、住民を巻き込んでしまった。

まるで野辺送りのように祥子たち一行は黙々と細長い坂を下りていた。時折、射してくる木洩れ日は、祥子の脳裡に去来するものを掻き消していった。

裸の十月といわれている沖縄地方の十月は残暑が続く。十月十日空襲の明けたその日も、早朝から暑く、疲労と空腹の祥子には、太陽の白い光が恐怖にさえ思えるのであった。足胝《たこ》の痛みを堪えている祥子の背中を、撫でるようにして汗が流れていた。

識名森に続いている繁多川森《はんたがわむい》の険しい坂道を下り切った所は、首里の森の裾野であった。そこは首里城址と南風原《はえばる》村を結んで長い坂道が伸びていたが、並木の一本もなく道は白く照り返していた。その道端に生い茂るすすきの陰で、棒になった足を投げ出して腰を下ろした。

だらだらの坂道を左手に上って行くと首里城址があり、城壁の周辺には御嶽《ウタキ》と呼ばれる拝所が幾つもあり、古からの信仰の中心であった。その首里城址に日本軍の司令本部は構築されていた。そこからは那覇市の町が一望できた。右手に少し下って行けば南風原十字路があり、その先の黄金森《くがにむい》の裾に陸軍病院が設置されていた。

祥子たちが休憩している前方に見えている運玉森《うんたまむい》は、義賊の伝説で知られている森であった。その森を越えると甘蔗畑が続き、右手には太平洋が広がっている。その辺りに西原村は点在していた。そこまでの二里の道のりを不安に思いながら、祥子は足胝の手当をしていた。

「ゆっくり休憩もできたし、そろそろ出発しようか。畑道《はるみち》を抜けて行けば坂も少ないし頑張ってゆこうな」

伯父は、子供たちを励まして声を掛けているので、祥子は従姉妹たちと顔を見合わせたが、言葉を交わす元気は無かった。

その時であった。晴朗な掛け声でもんぺ姿の女学生たちが十五人ほど、首里の方から下りて来た。思わず祥子たちはみんな立ち上がっていた。

「女学生たちも大変なことだね」

母は悲しそうな顔で言った。

「陸軍病院の手伝いに行くところだね、ご苦労さまなことです」

と言いながら祖母はいつものように手を合わせていた。

間もなく女学生たちは声を掛けながら通りすぎて行った。

「皆さん頑張りましょう。ご無事を祈っております」

と言った女学生の声は志気に満ちていた。憧れであった女学生の後姿を見送りながら、〈祥子も頑張ろう〉と強い足どりで歩き出した。

その時の祥子には、戦争の本当の怖さなど想像もできなかったが、畑道を行く祥子たちの一行を見下ろして、四方に広がっているすすき野は、音を立てて激しく揺れ動いていた。


辿り着いた西原の森には洞窟《ガマ》は無く、樹木の少ない森には粗末な防空壕が二つあるだけだった。偵察機が来るたびに祥子たちは、バナナ畑に隠れていたが、子供の多い家族には無理があり、数日後に祖母、伯父の家族と別れ、宜野湾《ぎのわん》村へ移動することになった。

乳飲み子を抱えて妊婦であった母は、祖母との別れに動揺して今生の別れのように泣いていた。祖母は母のことや妹たちのことを祥子に頼んでいたが、わずか八歳の少女には重すぎることであった。

「宜野湾村までは三里ほどだ。時々みんなで会いにいくからな、頑張っていてくれよ」

伯父の声はいつになく優しかった。父は祖母や伯父夫婦の手を取って別れを惜しんでいた。

その日は、那覇の祖父の使用人であった亀助おじさんが馬車を持ってきた。妹たちは、初めて乗る馬車の上で楽しそうだったが、祥子は歩かずに行けることが嬉しかった。馬車は険しい坂道をゆっくり上りはじめた。防空壕の前の擬装用バナナ畑の前で祖母の家族が手を振っていた。その姿が小さくなるまで見えるので、切ない思いは募るばかりであった。

馬車は石ころの坂道を音を立てながら漸く上り詰めた。もう祖母たちの姿は見えなかった。広い甘蔗畑の長く伸びた葉だけが、ざわざわざわざわ音を立てて揺れていた。なだらかな街道を歩き出してからは、馬の足音は軽快なリズムのようであった。街道筋は左右にすすきの原野が続いていて、道なりにお墓が立ち並んでいたが、防空壕に使用するため、お骨の入っている厨子甕《ずしがめ》は墓地の外に出されていた。澄み渡る空の下で紺色の鮮やかなそれは異様な感じであった。

那覇市を壊滅させて以来、米軍の偵察機は毎日飛来していたが、今朝からその音もなく水色の空が美しかった。墓庭の一角に腰を下ろす人たちがいて、まるで四月の清明祭《せいめいさい》を思わせる和やかさであった。その一行も那覇の戦火を逃れてきたようであったが、やさしい秋空のせいか緊迫感はなく、朗らかな笑い声は快いばかりであった。

戦争の渦中にあることが嘘のように長閑な情景の中を、馬の足を速めながら祥子たちの馬車は進んでいた。

ふと、爆音を聞いたような気がしたが、敵機はすでに爆弾を投下して、祥子たちの頭上を通過していった。黒煙の上がっているのは、あの墓地の辺りであった。戦火を逃れてきて、休息をとっていた人たちは、瞬時にして、肉片となって、飛び散ったのである。

「敵機襲来だ、馬車を片付けて墓に隠れろ」

小隊を組んで浦添《うらそえ》辺りを守備していた兵隊の怒鳴り声であった。

先祖崇拝の信仰も、沖縄の人の人権も、蹂躙《じゅうりん》されていた。祥子たちは、虫けらのように他人さまの墓穴に入って、ふるえていた。

「ウートウト、ウートウト。どうかお許し下さい。お墓を踏み荒らしておりますが、戦でございます。お許し下さい」

母は呟きながら、ひたすら祈っていた。

敵機は頭上を、数回ほど通過していったが、飛行場のある所を攻撃しているらしい、と亀助おじさんと父が話していた。街道では、慌しく軍靴の音がしていたが、応戦をしている様子はなかった。

どれほどの時間が経ったのか、辺りは何事もなかったように静まりかえっていた。祥子たちはまた出発した。宜野湾に向かうらしい避難民の人たちが歩いていた。杖を突いている老人や母子連れの人も何人か見かけたが、だれも皆命からがら歩いていた。

「亀助さんのおかげで助かりました。馬車がなかったら避難は無理でしたよ」

と父は深く感謝の気持ちを述べていた。

洞窟《ガマ》があれば助かると思い込んでいた祥子は、洞窟《ガマ》のある宜野湾へ早く着きたいと思いながら木々の多い田舎の風景を眺めていた。その時である。数人の歩哨兵に馬車は止められた。まだ日暮れではなかったが、「夜間の通行は禁じてある」と強い口調で注意を受けた。

ふたたび御墓の穴に入ることになったが、深い谷底に落ちてゆく気分であった。

「あの兵隊たちの様子では情勢がよくないね。那覇の空襲を見ても敵は大変な武力だよ。これ以上沖縄に空襲がきたらどうなるかね」

亀助おじさんの話を聞いているうちに、祥子はお墓の暗闇よりも戦争のことが不安になっていた。カナ子と道子は父と亀助おじさんの腕の中で寝息を立てていた。祥子は母に寄り添ってうとうとしはじめていた。


朝焼けの空に向かって馬車は動き出した。樹々を渡ってくる早朝の風はひんやりとして心地よく、夕べの悪夢を取り払ってくれるようだった。祥子は、こんなにも美しい朝焼けを見るのは初めてだと思った。

まもなく薄靄の中に琉球松の聳《そび》え立っているのが見えてきた。

「宜野湾に着いたよ」

亀助おじさんの声が弾んで聞こえた。父も母もほっとした顔であった。祥子の頭は洞窟《ガマ》のことでいっぱいだった。

父恒夫が借りてあった字神山《あざかみやま》の借家に荷物を運び終えると、すぐに亀助おじさんは、家族が避難している浦添村へ引き返して行った。

屋主はウシとトミ子という母子だけだった。大きい母屋の半分は、近くにあった分隊の米俵の保管場所に貸してあった。担当の石塚伍長と若い兵隊たちが朝夕に見回りに来ていた。標準語を上手に話す母と祥子たちとすぐに仲よくなって、石塚さんは毎日縁側でお茶を飲みながら故郷の北海道の話をしていた。母と同じ三十歳の石塚さんにも娘がふたりいると言っていた。

宜野湾に来てからも、父は那覇で食品関係の仕事を続けていたので、祥子たちの食事はスキヤキが多かった。時々石塚さんと若い兵隊さんも一緒にスキヤキを楽しんでいた。戦火に追われてきたことを忘れそうなほど、ゆったりとした時間であった。

突然、早朝に祖母の一家が訪ねて来た。従姉のエミ子の背中には、痛々しい弾痕が数個もあった。祥子たちが真っ暗な御墓の中でふるえていた日に、従姉たちはもっと怖い悪夢を見たのである。近いうちに祥子たちの所へ避難してくることを取り決めて、西原へ戻って行ったが、その翌日から宜野湾も小さい空襲がはじまっていた。

父が見つけてきた洞窟《ガマ》は、岩山に大きな口をあんぐり開けていた。奥行の無いごつごつした岩地に草木の茂った穴であった。わずかにあった岩陰に、父はまるで鳥が巣作りをするように、畳を一枚運んできて子供たちの巣を作った。吹けば飛ぶような祥子たちの巣穴からは、敵機の飛んでいるのがよく見えた。天敵に狙われた小鳥のようにふるえていた。

その穴は蝙蝠《こうもり》の巣であった。日暮れになって活動をはじめたのでそれがわかったが、その一夜は蒲団に潜って過ごした。翌日からはこうもりの眠っている昼間だけの棲処にしていた。蝙蝠と半同居してから数日が過ぎた頃、街道沿いの松の大木が、防御用に倒され始めていた。石塚さんたちの表情にも翳りがさして何か慌しい様子であった。

朝夕の風は秋の深さを感じさせていた。南部地区、中部地区の住民は北部の山地に避難するように命令がでたが、働き手は兵隊に取られ、民兵に狩り出され、残された老幼婦女子だけで、二十里、三十里もある山原《やんばる》へ歩いての大移動であった。辿り着くのはただ運次第という有様であった。

四章　やんばる

艦砲《かんぽう》射撃に逃げ惑う難民野兎《やと》のごと照明弾に浮き出されつつ

その年の終わる頃、祥子たちの住んでいる近くでも、慌しく陣地構築が進められていて、丸太の木材を北部から運んでいたが、戻りの空のトラックで祥子の家族は今帰《なき》仁《じん》まで乗せてもらうことになった。仲よくしていた石塚伍長のおかげであった。

「祥子ちゃん、おばあさんが歩いていたよ。ほら、あそこよ」

と母は叫んでいたが、祥子には見えなかった。

見渡す限りの四方の原野はすすきの穂が、白く波打っていた。難民の列はまるで黒い川のように延々と続いていた。

今帰仁村の街道沿いにあった、仲宗根《なかそね》国民学校の前で、祥子たちはトラックから下りた。そのトラックは、陣地補強用の材木を積むために、大宜味村の山奥へ向かって行った。

「兵隊さーん、ありがとうー」

祥子たちは、大きな声を張り上げて手を振っていた。父と母は、去って行くトラックを、じーっと見ていたが、悲しい顔であった。

祥子たちをトラックに乗せてくれた二人の若い兵士は、石塚伍長の班の人で、祥子たちとは仲良しであった。

「戦争は、別れることが多くて悲しいね。正代とも別れて、おばあさんとも別れて、こんな山村《やまぐに》までやってきて、さみしいね」

心底さみしそうに言う母の声に、祥子もむしょうにさみしかった。見渡せば、鬱蒼とした山ばかりで、烏の群れは不気味であった。

馬車夫のおじさんを頼んで、謝名《じゃな》の部落の村屋《むらやー》（公民館）という所まで、案内してもらった。そこで一軒家を紹介してもらったが、謝名前畑《じゃなめーばる》という所は、乙羽岳《うっぱむい》の麓にあり、まるで山に登って行くように、松林の坂を二十分も馬車にゆられて、着いたところは、民家が十軒ばかり点在していた。借家は、一軒だけ小高い所にあり、隣家とは少し離れていた。古くなった赤瓦の家が二つあり、そこのはなれ家が、祥子たちの今度の住処であった。

父と馬車夫のおじさんが、眠っていた妹たちを抱いて、借家へ上がって行ったので、家主の当山ヨシさんは、急いで、三人の子供と一緒に、母と祥子を迎えにきてくれた。おばさんは、大柄で健康そうな人であった。

「まあ、大変だったでしょう、こんな遠いやんばるまで……」

と言っているようであったが、初めて聞くやんばるの方言は、祥子には解せなかった。母は那覇のことばで、おばさんはパピプペポ音を発するその地方の言葉で話していたが、お互いに会話は通じ合っているようであった。

まだ日没には早かったが、山間の部落は夕暮れのように薄暗く感じられた。おばさんは急いで、お茶と黒糖を持ってきた。

「遠いところをお疲れになったでしょうね。きょうは私に任せてゆっくり休んで下さい。何もないところだけど、さつまいもと豆腐ちゃんぷるーはありますから」

とヨシおばさんは大変に嬉しそうに話していた。おばさんの話をよく聞いていると、抑揚が独特なだけで、標準語と方言を混ぜていただけだと解ったが、やはり聞き取り難いものであった。

三人の子供たちも嬉しそうに、にこにこしていた。長男の健一は、凛々しい感じの六年生であった。妹とのカナ子と同年の明は、ひ弱そうな子であったが、祥子より一つ年上のシゲ子は、母親によく似ていて、健康そうであった。父親は兵隊に行っていると言った。

古い借家はきれいに掃除されていた。六畳の和室と四畳半ほどの板の間と、奥に三畳の小さい板の間があった。台所は土間になっていて四畳半の板の間から下りて使うようになっていた。土間には水甕が二つあり水が張ってあった。台所と縁側に、豚油に布切れの芯の入った皿が置かれていたが、それが電気の代用であった。

山原《やんばる》では、避難民の受け入れ準備がされていた。家主のおばさんも明るい好い人だったので、母もほっとした笑顔を浮かべていた。ヨシおばさんが持ってきた豆腐ちゃんぷるーと母が持ってきたお握りで夕食をしたが、妹のふたりはぐっすり眠っていたので、母が起こさなかった。

夕食が済むころには、辺りは真っ暗であった。乙羽岳は闇に包まれて、まるで大きな怪物のように目と鼻の先で横たわっていた。緑鳩《あおばと》の鳴く声は人の泣く声に似て胸苦しく、梟の鳴く声は無気味で、やんばるの夜は、祥子を怯えさせた。

祥子が、カナ子と道子に起こされたときはまだ、夜が明けてなかったが、四方から聞こえてくる「コケコッコー」の鶏の鳴き声はにぎやかであった。たっぷり眠った妹ふたりは、鶏の真似をしながら、「コケコッコーおなかがすいた」と騒々しく、みんなを起こしていた。

父は音をたてないように雨戸を開けて、軒に吊るしてある蕨籠の中から、お握りとさつまいもを取り出して妹ふたりに渡した。それから父は山に向かって深呼吸しながら、「いい風だ」と母を振り向いて声をかけていた。

乙羽の森から流れてくる風はひんやりしていたが、心地よかった。祥子は、靄の中からみどりの森が起き出してくるのを、じっと見ていた。すっかり姿を見せると、朝日を浴びて樹々の葉がきらきらと光り出す。この時祥子は、那覇の家の近くにあった浜辺を思い出していた。森にもさざ波があるのだと思った。

ヨシおばさんは早起きであった。毎日鶏の鳴くころには起きて、数頭の豚と羊と鶏の世話をしながら、屋敷の前に広がっている畑の仕事もしていた。近所には、豆腐を作っている家もあり、黒糖を作っている家もあって、食生活に必要なものは全部そろっていたので、父も母も安堵した様子であった。

祥子とシゲ子はすぐに友だちになった。シゲ子のやんばる訛の標準語は、祥子を困らせていたが、積極的なシゲ子と森の中の水汲み場や、洗濯をする川に行ったり、広い野原を駈けて遊んだりするのは、夢を見ているように楽しかった。父も母も、ヨシおばさんの畑仕事の手伝いを楽しんでいた。おばさんは父と同じ三十二歳であった。夫が出征してからはひとりで三人の子を育てていたが、明るい人であった。カナ子と道子は、畑に続く野原で春の蝶のように遊んでいた。

山の裾野の平和だと思っていた生活は、二月《ふたつき》余りで幕を降ろしてしまった。或る夜から、梟の鳴く声よりもっと無気味な音が聞こえてきた。その音は真夜の海から風に乗ってやってきた。

「ポンポンポンポンポン」

耳の奥を叩くように響いてきて、すうと闇の中に消えていった。その音は、運天港《うんてんこう》から出て行く特攻船だと父と母が話していた。どうして、闇の中にすうと消えてゆくのか、不思議でならなかった祥子は、特攻隊のことを母にたずねてみた。

「あれもこれもお国のためです」

といって母は涙を落としていた。

特攻船の音が聞こえ始めて数日後に、どこからどこに向けての掃射かはわからなかったが、機銃の音が続いた。その夜から庭の防空壕での生活がはじまった。シゲ子たちは、屋根裏の防空壕にいた。時々、夜の風を切って飛び込んでくる機銃の音は、体中に突き刺さる感じであった。数日が過ぎて、ポンポン船の音が聞こえなくなって、そして機銃の音も消え、真っ暗闇の静寂が続いていたが、その闇の中にシゲ子と遊んだ楽しい日々も消えていった。夜の静寂は怖かった。いつ襲い掛かってくるかわからない猛獣に脅えている小動物のようにふるえていた。突然攻撃の音が止んで、不気味な空気が流れていた。那覇も首里も敵の手中にあり負け戦であるという噂が飛び交っていた。友軍のいる山に避難するのは危ないという人もいて、山に行かない人も多かった。

妊婦と四人の子供を抱えていた父は、いち早く乙羽岳の中へ避難することにした。

運よく作り掛けて捨ててあった壕を見つけて、父は木の枝を重ねて屋根を作った。祥子も懸命に枝集めをして手伝った。防空壕が出来上がったので、父は蒲団を上下二枚背負ってきた。木の葉を敷き詰めた上に蒲団を敷くと、すき間のない小さい穴であった。親子六人ぴったり寄り添って眠るので、すぐ近くで鳴く梟の声も怖くなかった。いつも怖いと思っていた夜の森で、小動物のように穴に潜って眠っていることが、奇妙であり不思議な夢を見ている心地であった。

森の中の住人になって数日経ったころ、あるおじさんが物乞いにきた。丁度、父が作ってきたお握りを食べ始めたところであったが、その人は両手を差し出して黙ったまま頭を下げていた。父が持っていたお握りをその掌に載せると、その人は、黙ったまま御辞儀をして、急ぎ足で去って行った。

「あの方は、那覇の学校の校長先生だった」

と父は、哀しそうな顔で言った。

借家までは近かったので、父が往き来をして食事を運んでくれていた。ヨシおばさんからの届け物もあった。一度だけシゲ子が遊びに来たことがあったが、その時にシゲ子は、健一は兵隊が好きで山の上の兵隊の手伝いに行っていると言っていた。

昼間の山の中は、まるでおとぎの国に来ている錯覚で祥子を楽しませていた。どんぐりと木の葉で、妹たちと数あそびをするのも楽しかったが、カナ子は一年生になるまでにこの時一度だけの勉強であった。時々自慢げに唄っている深山うぐいすの声は、小鳥好きの父を楽しませていたが、時折、遠くを見つめている父の表情には、那覇市を思うであろう悲しみの色があった。

祥子たちが山へ来てから十日余り経っていたが、あの校長先生以外に、那覇からの避難民を見掛けたのはたったの数人であった。

「みんなどこに避難したのかね。那覇からの人たちを見掛けないが」

と母が心配そうに父と話しているのを聞きながら、祥子はシゲ子のことを思い出していた。その時であった。空で何か奇妙な音がしていて、人が奇声をあげながら走っていた。慌てて外へ出た父も祥子も一瞬息を呑んだ。目は空の光景に釘付けにされた。空いっぱいにランプのようなものが浮いていて、青白い明りの中にくっきりと、真夜の乙羽岳は浮き出されていた。山肌にしがみ付いている人も、右往左往している避難民の姿も、はっきり映し出されていた。

今帰仁の山々は、隅々まで照らし出されて、敵の手の中にあることを知った。父も母も怯えていた。

何が起きるのか見えない恐怖に祥子は目が引き攣《つ》っていた。

〈何かが起きる〉

照明弾が上がりはじめてから、小半時は経ったであろうか、空を引き裂くような音とともに艦砲射撃は始まった。樹々も山も吹き飛んでしまいそうな暴風の嵐が続いた。忽《たちま》ち壕の屋根は吹き飛ばされてしまった。覚悟を決めた父と母は、頭から被っている蒲団の中でしっかりと、子供たちを抱き寄せていた。妹のふたりが泣き出して、カナ子はまるで狂ったように泣き喚き、一家六人阿鼻叫喚の渦の中に呑まれていた。艦砲の嵐は夜通し続いていた。恐怖に堪える限界にきていた祥子は、早く殺してくださいと願っていた。

砲弾は、祥子たちの上を通過して、特攻部隊の運天港、遊撃隊のいる乙羽岳、通信部隊のある真部《まぶ》山で炸裂していた。その山の裾で、たった一枚の蒲団を被って、尊い生命が、震えていた。

「ご先祖さまや兵隊さんが守って下さるからだいじょうぶ、だいじょうぶ」

と父も母もカナ子を落ちつかせるために必死であった。

「ご先祖さま兵隊さん助けて下さい助けて下さい」

カナ子はうわ言のように言い続けていた。母とカナ子の祈りが通じたように、夜の明ける前に艦砲の嵐は止んだ。

蒲団から顔を出したふたりの妹は、きょときょとした目で父と母を見つめていた。山は無音であった。死んだように静寂であった。生きていることがただ不思議であった。

「山に逃げて来た人たちはみんなどうしているのかね」

と母が話し出したとき、人の歩く気配と話し声でざわざわしていた。みんな部落へ向かって急ぎ足であった。

「兵隊のいる山は危ないと言って部落に残った人が正しかったようだ。さあ急いで部落に下りるよ」

と言いながら父は妹ふたりを前に後に抱えて歩き出した。山から離れた村家の近くまで下りてきたが、先を歩いていた人たちの姿は、もう無かった。人影のない田んぼ道で、祥子たちは、はぐれ鳥のように立っていた。

「あったぞ」

父の大きな声であった。田んぼの周りを見回していた父が、一段小高くなった所の木の下に小さい壕があるのを見つけた。すぐにでも見付かってしまいそうな場所であったが、もう逃げ場はなかった。祥子たちはその壕に入ると、まるで死んだように眠り込んでいた。

「へーイ、へーイ」

という声で祥子たちは起こされた。朝になっていた。寝ぼけてぼうとしている祥子たちに、

「へーイ、へーイ」

と鉄砲を持った米兵が手招きをして立っていた。父が出て行った。祥子たちは押し黙っ

たまま小さく小さく屈んでいた。すると父を壕の中に追いやって、母に出て来いと言っていた。臨月の母は四人の子を引き連れて壕を出た。ぞろぞろと田んぼ道に下り立ったとき、母だけを連れて行こうとしていた。

「お母さんを連れて行って殺すと言っているよ、大きな声で泣きなさい」

と母が言い終わらぬ内に、カナ子が火の付いたように泣き出して、道子もおんぶされていた弟もみんな泣き出した。そして祥子たちは母にしがみ付いていた。

「オーケー、オーケー」

とひとりの兵隊がすまなかったという表情で祥子たちを見ていた。そして四人の兵隊たちは山の方へ向かって去って行った。運よくその人たちが悪い人ではなかったから、母は助かったのだと祥子は思った。父が泣くのを祥子はその日初めて見た。肩がふるえていた。

その壕から一〇〇メートルばかり離れた所に、村の共同防空壕があるのを見つけた。那覇の人は入れないと言う人もいた。また、子持ちは見つかり易いから困るとも言われたが、一晩か二晩だけでいいからと父が頼み込んで、どうにか置いてもらった。二日目の朝だった。小水のため外に出ていたカナ子と一緒に、鉄砲を持った米兵が数人入って来た。みんな一斉に両手を上げて息を詰めていた。

「ハーバー、ハーバー」

と口ぐちに高ぶった声でくり返しながら、壕から出るように促していた。祥子の家族を先頭に二列に並んで歩き出した。

「シガレット、シガレット」

何やら挨拶している感じであったが、みんな両手をあげたまま頭を下げて、一段下の乾燥した田んぼに下り立った。

兵隊の指す方へ目を向けた瞬間、みんなの口から呻きにも似た声が洩れていた。広い田畑には、大勢の住民が集められ、祭りのように賑わっていた。めずらしいアメリカの食べ物を前にして、どの顔も楽しそうであった。不思議な光景であった。祥子は叫びたいような悲しみにおそわれた。昨日までのあの地獄の苦しみは何だったのか、小さな頭は混乱していた。

「ムヌキーシドワガウシュウヤサ（生活をさせてくれる人が主人だよ）」

と近くにいたおじさんたちの話し声であった。

「戦争は終わりました。もう隠れる必要はありません。家へ帰ってください」

通訳の人が話していた時、乙羽岳の上には、占領軍のビラがはらはらと降っていた。

祥子たちも沢山のプレゼントを抱えて二十日ぶりに借家へ戻った。シゲ子たちはずっと庭の防空壕にいて無事だったが、健一は落人《おちうど》の山道案内に行ったきり戻らないといって、ヨシおばさんは元気がなかった。みんなが無事だったことを喜び合う心のゆとりはなかった。折角会えたのにシゲ子が暗い顔をしているので、祥子はさみしかった。

戦争は終わっていなかった。山の残兵狩りが、民家に下りてくるので、父も母も変装していた。母は自慢の沖縄髷《カンプー》を切り崩して雑結いにし、顔中にかまどの灰を塗り、眉毛は剃り落としてあった。服装は、ヨシおばさんから分けてもらった袖口のすり切れた絣の着物と、継《つ》ぎ接《は》ぎのモンペを着ていた。父は、ヨシおばさんに分けてもらった古ぼけてつんつるてんの絣《かすり》に、わら縄を締めていた。母は祥子の髪もざん切りにした。

まだ四月というのに朝から暑い日であった。鉄砲を持った二人の米兵がやってきて、父の肩などを調べていたが、直に連れて行ってしまった。母も祥子たちも泣くことすらできなかった。銃口が父に向けられていたから、ただ成行きを見て震えているだけだった。しばらく母は、呆然とした状態であったが、ヨシおばさんが元気付けていた。祥子は、父が生きてすぐ帰ってくる気がしていた。母が助かった日のことを思っているとそんな気がしていた。祥子の願いが叶ったように、父は正午には帰って来た。父は帰宅すると、すぐに自分の服に着替えて、変装していたことは反ってよくなかったと言った。

村屋《むらやー》（公民館）は、占領軍の詰め所になっていた。残兵やスパイの流言のある者は連行されて、通訳を通して調査が行われていた。父は、疑惑は晴れて帰ってきたが、二日後に羽地《はねじ》村の田井等《たいら》捕虜収容所に行くことになっていた。労働可能者は、そのキャンプに収容されて、軍の作業をさせるということであった。

父が羽地キャンプに行く日は、早朝から山田のおばさんが来ていた。同じ那覇の人で近くの家に間借りしていた。いつも負っている二歳くらいの男の子は眠っていた。夫は兵隊に行っていて、子供とふたりで避難していたが、那覇の空襲で焼け出され、両親と姉の家族を失った悲しみを引きずっていて、いつも髪を振り乱して泣き顔をしていた。母のことを「姉さん、姉さん」と言って慕っていた。残兵狩りが始まってからは、毎日祥子たちの家に来て隠れていたが、今朝は、兄さんと呼んでいる父が捕虜になるので、顔をくしゃくしゃにして泣いていた。

「ヨシさんも、ハルさんも、母ちゃんのことをよろしくお願いします」

と父は臨月の母のことを頼んでから、祥子にカナ子と道子のことを頼んでいたが、目は涙色をしていた。母と山田のおばさんは、目を真っ赤にしていた。父は、部落のおじさん二人と一緒に、村屋《むらやー》へ下りていった。

山田のおばさんは、父が行ったその後で、大きな風呂敷包みを一つ持って祥子たちの所へ移ってきた。夕食のときのおばさんは、いつもよりお喋りであった。祥子は、山田のおばさんの笑顔をこの時はじめて見たと思った。夜も遅くまで母とふたりで話し込んでいたが、怖い話ばかりであった。

「南部ではまだ戦をしているらしいが、早く日本軍は降参してほしいよ。私はアメリカーに襲われたら死んでやるから」

山田のおばさんはふるえ声で話していた。その頃、残兵狩りは女狩りに変わっていて、残忍な流言が飛び交っていた。おばさんは床下に隠れることが多くなっていた。

父が羽地に行って、十日ばかり経った明け方のことであった。一番鶏の鳴く声と同時にけたたましい赤子の泣く声がして、祥子と山田のおばさんは飛び起きた。隣りの板の間で母は赤ん坊を産み落としていた。

「祥子、お湯をたくさん沸かしてちょうだい」

母の声は落ち着いていたが、山田のおばさんは狼狽《うろた》えていた。祥子はお湯を沸かしながら、ヨシおばさんを呼びに行ったが、留守だった。シゲ子がいろいろ手伝ってくれた。山田のおばさんも少し落ち着いてきて、母の言う通り動いていた。赤ちゃんも母も元気だった。

「ハルさんありがとう」

母に言われて山田のおばさんは、「姉さん、姉さん」と言いながらポロポロ涙を流していた。

父と母で決めてあった名前は、勝子といった。その日は、ヨシおばさんが、野菜たっぷりの鶏肉汁を振る舞ってくれて、久しぶりの御馳走に、みんないい笑顔であった。
と赤ちゃんの名前を呼びながら、負け戦のさなかに祝いの食卓を囲んでいるのは、何

「勝子、勝子」

とも奇妙なさまではあった。

勝兵は、毎日民家の周りを歩いていたが、時には、ウクレレを持ってきて、ハワイの唄で子供たちと遊んでくれる兵隊もいた。そんなときにも山田のおばさんは、床下の隠れ穴に入っていた。なぜか、ヨシおばさんは米兵を怖がる様子もなく、平気で働いていた。

勝子が生まれてから、半月が経ったころ、母はどうしても勝子を父に見せてやりたいと言い出して、ヨシおばさんとシゲ子も一緒に、田井等キャンプまで行くことになった。山田のおばさんとシゲ子の弟の明は、近所の老夫婦の家に、ヨシおばさんが頼んできた。

羽地までは、朝早く出れば、昼すぎには帰ってこられるということであった。謝名の高地を下りて行くと、天底《あめそこ》部落辺りからは、平坦な道が続いていて、五月の風が樹々

を渡って心地よかった。山並みは白いイジュの花がきらきらと光っていた。天底部落を通り抜けて、マリー道という海岸通りに出たとき、異様な臭いに立ち止まった。目に入ってきたのは、左手に広がる羽地内海の黒山の屍であった。敵味方重なり合って、美しい五月の空に、異臭を放っていた。祥子とシゲ子は、震える手を握り合って小走りをしていたが、祥子は、向こうに見える多野岳《たのだけ》が遠ざかってゆくような錯覚におちいっていた。

羽地村我部祖河《がぶそか》の田の稲穂が見えたとき、こんなにも美しい所があったのかと思うほど、緑の稲穂がそよいでいた。田の道を数百米行った所に、父の居る田井等キャンプはあった。

その日は週末で、軍作業は休みであった。キャンプ入り口に立っていた沖縄人のガードマンに、事情を話して取り次いでもらったが、五分ほどで父の姿が見えた。背中に大きな「PW」の文字の入った軍の作業服を着ていた。鉄条網ごしに見る父の顔は元気そうであった。

「ヨシさん、ありがとうございます」

父は最初にヨシさん母子にお礼をいった。母は、勝子が何の苦痛もなくするりと出てきたことや、勝子がお腹にいたおかげでこの身は助かった、この子は命の恩人だといった。母は胸に溜まっていた思いを一気に話していた。

「勝子、勝子」

と呼びながら父は、祥子の背中で眠っている赤ちゃんを鉄条網ごしに覗き、カナ子と道子に声を掛けたが、鉄網の中にいる父の顔を、妹たちは不思議そうに見つめていた。

軍の作業は、毎朝八時ごろからトラックに乗って、辺野古大浦の海兵隊のキャンプで兵舎などを作っているといった。父は手先が器用だったためカーペンター班長をしていた。仕事は辛くないが、トラックに酔うのが困っていると言ったが、父が元気で働いていることにほっとした母は、嬉しそうな顔で、「またきますから」と言った。半時ばかりの面会を終えて、父と別れた。田の道を歩き出してから振り向くと、父の姿は無く、銀色の鉄条網が反射していた。

マリー道は白く照り返していた。日陰のある左側の山肌に沿って、ヨシおばさんも、母も黙々と足早に歩いていた。祥子とシゲ子は手をつないで小走りしていたが、黒くよどんだ内海から吹きつけてくる風に、祥子もシゲ子もふるえていた。

天底の部落入口に左折して歩き出したとき、山からみどりの風がさらさらと流れてきた。祥子の中の黒い靄を払拭してくれるようであった。みんな疲れていたが足早に歩き続けていた。天底の部落を通りすぎて、山裾の道に差し掛かったときであった。鉄砲を持った三人の兵隊が、ヨシおばさんに近付いて何か話し掛けていたが、いきなり大きな声で、「子供たちを連れて早く行きなさい」と母に向かって、追い立てるように言った。

母は道子を抱き上げ、シゲ子はカナ子の手を引いて走った。みんな泣きながら走った。

「おかあが殺されるよ」

とシゲ子は、声をあげて泣いていた。

家に着くと、山田のおばさんと明が帰ってきたが、おばさんは、みんなの様子で何ごとかあったことに気付いていた。びくびくした顔で母と話していたが、ヨシ姉さんのおかげで助かったと母は言っていた。二人の話は、祥子には理解できなかったが、何か途轍もなく恐ろしいものを感じていた。

夕方になってヨシおばさんは帰ってきたが、黙ったまま母屋に入っていった。祥子たちと一緒に夕食をしていたシゲ子と明は、慌てて帰って行った。翌朝は何ごとも無かったように、ヨシおばさんは家畜の世話や畑の仕事をしていた。

六月に入って雨が多くなり、女狩りをする兵隊は歩かなくなった。そして梅雨が明けた頃だった。突然、今帰仁村、本部《もとぶ》村、伊江《いえ》村の老幼婦女子は、辺野古大浦のテント小屋に収容されることになった。地元民で行かない人たちもいた。シゲ子たちも行かなかった。突然の別れであった。


トラックから山の上に降ろされたとき、捨てられたのだと、だれもがそう思っていた。すっかり切り開かれてテント小屋が沢山建っていたが、何も無い岩肌山で、老幼婦女子が生活できるとは思えなかった。トラックに揺られてきた住民は、恐怖と暑さで疲労困憊していた。

祥子たち六人家族と、山田のおばさん母子で一つのテント小屋に入った。

「日本が早く降参しないから、いつまでもこんな酷《ひど》い目にあうのよ」

山田のおばさんは泣きながら怒っていた。母はしばらくの間呆然としていた。

閑疎に残されていた樹々の背で、耳を劈《つんざ》くように油蟬は鳴いていた。白い太陽は、テント小屋の上にキーンと突き射していた。祥子たちは、石を拾ってきて樹の下にかまどを作り、飯盒と空缶を揃えて生活し始めた。一日に二、三個の配給を受ける缶詰と、僅かな米と、祥子が摘んでくる桑の葉や山蕗の茎を入れた雑炊の食事で凌いでいた。

祥子の労働は、これまでにない過酷なものであった。水汲み場も桑畑も海の近くにあり、½ドラム缶に水を汲み足すには、幾回となく岩山を上り下りしなければならなかった。祥子は時々、足を滑らせて落ちる夢を見てうなされていた。

山田のおばさんと桑畑に行った帰り道、おぶっていたおばさんの息子が、高熱を出していたが、テント小屋に着くまでにはぐったりして、夜に入ってから息を引きとった。あっけなく静かな死であった。栄養失調で泣く元気も、苦しむ気力さえも無かったのである。おばさんは惚けたように座っていた。

「かわいそうに、かわいそうに」

とくり返して、母は止めどなく涙を流していた。夜の帷に包まれた四方の森から、緑鳩《あおばと》の鳴く声が聞こえてきた。突然、山田のおばさんが泣き出した。二歳の小さい体を抱きしめておいおいと泣いていた。それからおばさんは亡軀《なきがら》を抱いて、まだ夜の明けぬ内に外へ出ていった。

小一時間してからおばさんはひとりで帰ってきた。涙の枯れ果てた目は血が滲んでいた。祥子はこんなに悲しい人を見たことがなかった。まるで魂を落としてきたように打ち沈んでいた。

「ハルさん、みんな心の奥に二つも三つも悲しい柱が立っているよ。私の長女も十月空襲で行方不明のままでね」

苦しくなるから正代のことは話さないようにしていると言った。母は山田のおばさんを元気付けながら、ある決心をしていた。明日にでも父の居る羽地に行くと言った。すぐに迎えを寄越すから、カナ子と道子と一緒に待っているようにとおばさんに言った。

思い込みの強い母に従って、祥子は勝子をおぶって羽地田井等のキャンプに向かうことになった。まだ薄暗い内に出かけた。妹のカナ子と道子は、何も知らずによく眠っていた。

「祥子、大変だったね。半月もこんな坂を上り下りさせて。お父さんの所に行けば、もう大丈夫だから」

と話している母の声を後に聞きながら、海岸通りへ出た。朝の大浦湾からの風が桑畑を抜けて吹いてきた。なぜか、懐かしいような、さみしいような風であった。

海岸通りを少し行くと左手に、人の無い民家があった。そこを通り抜けてゆくと平坦な山道が続いていた。

「山の中の川に沿って行けば羽地川に着くでしょうから、だいじょうぶよ」

と母は言った。母は羽地までの道順も幾里の道のりかもわかっていなかった。ただひたすら父のことを思っているだけであった。臆病な母がこの時だけは強そうに思えた。

祥子たちの後から数人の人たちが歩いてきたが、同じように羽地へ行く人たちであった。

「山道は急いだ方がいいよ。まだ日本兵が隠れていて、時々鉄砲の音がするそうだから」

とおじさんたちが話してくれた。祥子たちは足を速めたが、その人たちには追いつけなかった。

枝々はたおやかに風に游《およ》いで、心地よい涼しさであった。小川は、木洩れ日を浴びてきらきらと音を立てて流れていた。そのきれいな水を掬って飲んだ。ひんやりとおいしかった。母とふたりで、弟にも赤ちゃんにも掬ってあげた。その川の少し先へ歩いたところで異様な光景に出合った。

傷痍軍人の白衣を着て戦闘帽を被った五、六人の日本兵が、元気な血色で物乞いをしていた。その足下の水辺に学徒兵らしき人が数人餓死の状態で倒れていた。少しはなれてもう一人倒れていたが、かすかに息をしていた。祥子は急いで、持っていた握り飯の半分をその人の掌に載せた。指先が動いたようだったが、それは「さよなら」の言葉だったと祥子は、ふと思った。

緑鳩《あおばと》の鳴く声がしていた。この山では、戦争は終わっていなかった。散兵は、鉄砲一つで、お国のために、巨大な敵と戦っていた。

「早く降伏をすれば助かったのに」

母はそう言いながら犠牲者に合掌していた。その時、川沿いの茂みから、民間服を来た若い男が出てきた。

「いっしょに連れていって下さい。わたしは脱走兵です」

と震えた声であった。沖縄の人だった。山の中には数十人の兵隊がいるといった。隊がくずれて散り散りになった兵隊が集まって、南部に合流する計画だったが、袋のネズミになっていると言った。沖縄出身の者は、食糧調達などで、酷使されている話もしていた。

「脱走兵なんておかしいよ。占領されているのだから、手をあげて助かるべきよ。ご先祖さまから頂いた命を大切にしてね」

いつになくしっかりした口調の母であった。

新城というその人は、母より五つ年下の二十五歳であったが、やや大柄な好男子だった。その顔を汗と涙で濡らしながら、幾度も頭を下げていた。母は、一人の命が助かった喜びと、もうすぐ父に会える喜びを噛みしめているようであった。祥子は、道連れができた悦びで四里の道の疲れと、恐怖を忘れかけていた。

鉄条網の田井等キャンプが目に入ったとき、祥子の中では、ほっとする気持ちと哀しい気持ちが交錯していた。すっかり強気になっていた母は、物怖じもせず入口に立っているガードマンと話していた。急ぎ足でやって来た父に、掻い摘んで母は事情を話した。父はすぐに外出の手続きを済ませて鉄条網の外に出て来た。

田井等キャンプは、羽地川に沿って立っていた。キャンプ脇の小さい橋を渡った所は、鉄条網のない一般民の集められている川上収容所であった。名護岳と多野岳の麓に、大きなテント小屋は整然と立ち並んでいた。南部や中部辺りの人が大勢いるようであった。祥子たちは山に近い方のテントに入ることができたが、テントの中は二畳ほどの間取りを荷物で仕切った寄合所帯であった。他人と一緒にひしめき合って寝起きしている光景に、祥子はおどろいていた。祥子たちは隅っこの方に場所を取った。新城さんも置くことになったが、脱走兵の話をしないようにと父は強く口止めをしていた。

夕方になると、収容所内は明々と外灯が点っていた。その時刻になると、日本語、英語、方言のアナウンスが流れてきた。「六時以後に収容所の外に出て歩く者は、鉄砲で撃ち殺されるから出ないようにしましょう」という拡声器の声は、山肌にあたって無気味に聞こえてきた。父と母は、妹たちのことをヒソヒソと話していた。だれかに頼んで迎えに行くという父の声に、祥子はほっとしたが、あの山の上で泣き叫んでいるカナ子と道子の姿が浮かんできて切ない夜であった。真っ暗なテントの中は、いろいろな寝息が重なり合っていた。雑居寝生活の始まりであった。

どのテントの人も早くから起き出して、小屋の外で大きな伸びをしていた。それから、手に手に空缶か飯盒を持って、共同炊事場に集まりはじめた。共同炊事場は、山際の田んぼの側の広場にあった。石で作ったかまどがずらりと並んでいた。大人たちが雑炊を作っているその脇で、空缶と稲子《いなご》を持った孤児が数人うろうろしていた。

祥子たちは、父が持ってきたパンとコンビーフの缶詰で、めずらしい朝食をした。新城さんは、ポケットから二個の乾麺麭《かんパン》を出して、「わたしの全財産です」といって哀しい笑顔を浮かべた。

「新城さんの仕事も頼んでみるから、それまでは子供たちの面倒を見て一緒に食べていればいい。だが脱走兵のことは忘れてくれ。残念だが、負け戦だから何もかも仕方のないことだよ。みんなで頑張って生きるしかない」

やさしい父の声であった。家族のために、鉄条網の中で一生懸命に働いてくれる父がいて、祥子たちは運がいいと思った。広場で見かけた孤児たちの痩せ細った顔が、辺野古の山の上に置いてきた妹たちと重なっていた。

祥子たちが、川上収容所に来てから一週間が過ぎていた。父の友人でCP（巡査）をしていた仲村のおじさんが、ふたりの妹を迎えに行ってきてくれた。山田のおばさんは一緒でなかった。見る影もないほど汚れたふたりの娘を抱きしめて、母は声を出して泣いていたが、カナ子と道子は唇を噛んだまま黙っていた。祥子が想像していた以上に妹たちは、闇の中にいたのである。祥子はふるえるほど悲しかった。父は絶句してふたりの娘を抱きしめていた。仲村さんは帰り掛けに、山田さんは精神的に疲れ切った様子だったと言っていた。その後ふたりの妹は、母に寄り付かず、いつも祥子と新城さんの側にいるようになった。

週末には、祥子は勝子をおぶって、妹ふたりの四人で、キャンプまで父を迎えに行った。その都度、数人の兵士がやって来て、「ハローベービー」と嬉しそうな顔で勝子を代わる代わる抱っこしていた。そして四人の写真を何枚も撮っていた。

祥子が、初めて聞いたアメリカ軍人の言葉は、上気した顔での「ハーバー、ハーバー（パール・ハーバー）」であった。あれから数ヶ月後に聞く兵士たちの言葉には優しさがあった。「フレンド」「ライク」「プレゼント」「サンキュウ」「トゥモロー」片言交じりで子供と兵士たちの心は通じ合って、和やかな時間を持つことができた。鬼だと教え込まれていた米兵もみんな同じ人間なのだと、祥子はこの時思った。

祥子と同じ年ごろの孤児のキク子と秋子はいつも一緒に歩いていた。ときどき祥子はふたりにお菓子をプレゼントしたが、一度も笑顔を見たことがなかった。声を掛けても一度も話したことがなかった。キク子は小枝のような足で歩くときグラグラしていたが、八月の猛暑の頃、空缶を持ったまま稲穂の中で倒れて、運ばれて行ったきり帰ってこなかった。独りぼっちになっていた秋子は、教会に行くようになっていたが栄養失調のままだった。

ときどき、マラリアと栄養失調で亡くなる人が出た。祥子たちのテントでも、中頭《なかがみ》から来ていたおじいさんが亡くなった。恐怖の日々が続いていた。死の病気として恐れていたマラリアは、蚊が運んでくるというので、母は、五人の子供を蚊から守るために、睡眠不足が続いていていた。

その頃から、隣り部落にあった一般民の収容所が解放になり、地元住民はそれぞれ自宅に戻って行った。南部、中部から避難で来ていた人たちは、祥子たちのいる川上収容所に移動し始めていた。偶然というには、運命的であったが、祥子たちのテント小屋に、ぞろぞろと入って来たのは、祖母の家族であった。一瞬、みんな声を呑んで立っていた。母は、祖母に抱き付いて号泣した。みんな、泣き出していた。祖母は、孫のカナ子、道子、祥子と声を掛けながら、抱きしめていた。ふた家族みんな生きていた。

その日は、伯父の話が続いていた。今帰仁の山から生きて来られたのは強運だと言った。乙羽岳には遊撃隊がいて、隣接している真部山には通信部隊があり、さらに特攻部隊のある運天港があった。その友軍のいる所に隠れるのは正しくないと言った。部隊の無い所に逃げた人たちは艦砲を受けなかったと言った。大宜味村の山に避難していた伯父たちは山の上から、艦砲を受けている今帰仁の辺りを見ていたと言った。死ぬか生きるかで戦をしている兵隊がどうして、一般の住民を守ることができるかと言う伯父の話に耳を傾けながら、なぜ戦争をするのかという疑問が、祥子の頭の中で渦巻いていた。

昭和二十年十二月、近くにあった教会のクリスマスイヴの礼拝に招かれて、子供たちが大勢集っていたが、秋子の姿が無かった。神さまに召されたと聞いた。神父さまの、イエスクリストの話を聞いていて、祥子の頭の中にまた疑問のぎざぎざが渦巻いていたが、賛美歌という歌は美しいと思った。この一年間好きだった軍歌を唄うこともなかったが、その軍歌の次に唄ったのが賛美歌であった。楽しいクリスマスの後で教会へ行く子供たちが増えていたが、祥子たちは先祖崇拝の祖母と母に止められて行けなかった。

祖母が同居するようになってからは勝子をおぶうこともなく、祥子は自由な気分で野山を楽しんでいたが、川沿いの桜が満開していたのでふたりの妹を連れて花の下で遊んでいた。

「さくらを取ってやろうか」

とやんばる訛の少年に声を掛けられた。祥子は大きく頷いた。花のいっぱい付いた枝を三本も取ってくれた。

「ありがとう」

と少し照れながら祥子が言うと、少年は照れながらにこにこしていた。色の白いやや小柄なかしこそうな少年であった。

祥子は桜の花を抱いて、夢のような気分で母の所へ急いでいた。

「名城さん、ちょっと教室まで来なさい」

と先生と呼ばれていた男の人に声を掛けられ、教室と呼ばれていたテントの中に立たされてしまった。

「さくらを折ってはいけません」

と叱られながら、祥子は桜をしっかり抱いて立っていた。妹たちから知らせを受けた母が、血相を変えて走ってきた。

「この子が木に登って桜を取ることはできません。拾ったのです」

と母がその先生を叱るように言った。

「そうだなあ、これからは拾わないようにしなさい」

と怪訝そうな顔で言った。祥子はただ桜を折ってくれた少年のことだけを思っていた。桜の花は、コンビーフの大きな空缶に活けて、テントの中の人で楽しんだ。祥子が花を活けたのはこの時が初めてだった。

祥子は飽きずに桜木の下で遊んでいた。ときどき田井等キャンプの米兵が来て、祥子たち姉妹の写真を撮っていたが、一人の若い兵士は、家族の写真を見せてくれた。

「ファミリィ、ママ、パパ、ヤングシスター、ラヴァー」

と話しながら「ラヴ」という言葉を何度も言っていた。

祥子は花の降るのを初めて見た。美しい花片は、鉄条網の中にも降り注いでいた。舞い散る桜は美しいと思ったが、川に流されて行く花弁はさみしい気がしていた。あの少年は今日も来ていた。思いきって何年生か聞いてみた。四月になったら四年生になると言った。

「私もそうよ」

と祥子は思わず言った。初めて、友だちにめぐり会った、嬉しい気分がしていた。

「九九《くく》を知っているか」

とめずらしく話し掛けて近づいてきた。そして持っていた木の枝で、二の段を地面に書いて教えてくれた。面白くて三の段まですぐに覚えた。一年半ぶりの勉強に祥子の胸は、高鳴っていた。翌日も、九九の勉強に浮々した気分で出掛けて行った。少年は、兄さんと一緒に勉強をしていると言ったが、祥子は、二年生の二学期から転々と避難をしていて、もうすぐ四年生になるが、一度も勉強をしたことがなかった。少年に教えてもらった九九だけが、小学校三年生の唯一の勉強であった。

そんなある朝、三歳の弟が、マーティンと呼ばれていた見回りの米兵の乗った馬の勢いに転んで、頭を強く打った。夕方になるまで泣き止まず、母をはじめふた家族みんな胸を痛めていた。祖母と母が、頭を冷やすだけの手当しかしなかった。その日は、真っ暗な一日であった。翌朝には、元気になったように思えたが、ほっとしたのも束の間であった。

その後弟はたびたび白目を剝いて痙攣を起こすことになり、その都度母は取り乱していた。弟が舌を嚙まないように祖母が必死に手当をしていたが、その手伝いをする度に祥子は震えていた。すっかり塞ぎ込む日を過ごしていた頃、従姉のエミ子がマラリアに罹って、伯父の家族が騒ぎになった。運よく、キニーネという薬が効いて、エミ子は一命を取り止めたが、小枝のように細っていた。

祖母は弟のことがあるので、祥子はまた勝子をおぶっていた。もう桜の木の下へ遊びに行くことをしなかった。美しかった桜の花のことも、あの少年のことも幻に思えていた。

昭和二十一年の若夏の頃だった。突然、羽地田井等のキャンプも川上の一般収容所も、解放が始まった。祥子の家族は、祖母の家族と一緒に、真和志村民として摩文仁《まぶに》村に移動することになった。脱走して生き延びた新城さんは、出身地の浦添村に帰ると話していた。さみしい別れであった。

川沿いの葉ざくらが、若夏の風にきらきら光っていた。何もかもが嘘のように山も空も美しかった。一年と数ヶ月、やんばるでの苛酷な旅が、終わりを告げようとしていた。トラックが動き出したとき、ふと祥子は振り向いていた。少年は立っていた。あのいつもの桜の木の下に。

五章　摩文仁《まぶに》

蛍火は摩文仁ヶ原を埋め尽し水無月の風よもすがら泣く

トラックから降り立った摩文仁野は、見渡すかぎり白骨でうめつくされて、眩暈《めまい》のするほど白く照りかえしていた。人々の驚愕の悲鳴は、虚空で波打っていた。

羽地川上《はねじかわかみ》の収容所を解放されて、希望に膨らみかけていた人々の胸は、忽《たちま》ちのうちに、絶望感に襲われていたが、生きるために、怯《ひる》んでいるひまはなかった。

九死に一生を得てきた人々は、戦慄を背中に負いながら、曝《さ》れ頭《こうべ》の散乱している摩文仁の野畑に、各字《あざ》ごとのテント小屋を建てて、生活をし始めていった。

正方型の小さいテント小屋に、祥子の家族は、祖母と一緒に住むことになった。すぐ隣りの同じ型のテント小屋に、伯父の家族は住んでいた。

夜の降《くだ》つ頃になると、野に浜に蛍火は犇々《ひしひし》と飛び交って、ざわざわ、ざわざわとかすかな声が聞こえていた。夜の静寂に、寄せては返す波の音は、死者の無念の泣き声となって、耳の奥深くひびいてきた。祥子は、夜の静寂を恐れていた。

祖母はススキの葉を片結びにした魔除けのゲーンを、テント小屋の四角《よすみ》に立ててい

た。怖がる孫たちのために、〈ウートウト、ウートウト〉を唱えながら祖母は、毎夕、

鎮魂の祈りを捧げていた。

各字ごとに分け合うさつまいもと、僅かばかりの缶詰の雑飲の暮らしであったが、

栄養失調を恐れていた祖母は、エミ子と祥子を引き連れて、食糧探しを始めた。散乱

している白骨を、掻き分けるようにして、さつまいも、野蒜《のびる》、貝などを拾って歩くの

が、祥子たちの日課となった。生い茂っている芋蔓や野蒜を引っぱれば、三つ四つと

曝れ頭が付いて出てくる。エミ子と祥子は魂《マブイ》落ちしたように怯えたので、祖母はその

都度、孫たちの魂込《マブイく》みをしていた。

さつまいもも野蒜も、死者の上に黝《あおぐろ》く育っていた。生い茂っている林の中に、とき

どき崩れかけた屍を見掛けることもあったが、それは、戦争終結の後、死者の上を、

あるいは死者のすき間を、虫のように這って、数ヶ月の間、生き延びていたことを物

語っていた。

悪夢を見ている日々の中で、学校らしきテント小屋が、三つほど建っていたが、テントの中から四年生の祥子が見ていたものは、モッコを担いで、遺骨運びに忙殺されていた父たちの汗まみれの姿であった。やり場のない憤りと、悲痛の叫びは、〈ワッショイ、ワッショイ〉の掛け声となって、真夏の空に黒いシミとなって飛び散っていた。

三年生以上の学童も、近くにあったひめゆり部隊の洞窟《ガマ》まで、一袋ずつの砂を運ぶ手伝いに出たが、その洞窟《ガマ》の中に見たものは、真っ黒になった女学生の髑髏《どくろ》であった。大きく開いたその口元から、絶叫する声が祥子の耳奥に突き刺さって、震えが止まらなかった。

〈神さま、み仏さま助けて下さい、助けて下さい〉と祥子は必死に祈り続けていた。その時の衝撃は後遺症となって、時折、祥子は夢でうなされていた。

防風林の木麻黄《もくまおう》やゆうなの木で、みんみん蟬が鳴いていた。摩文仁野に運ばれてきて数ヶ月、ひたすら父たちは遺骨収拾の明け暮れであったが、終わりのない作業であった。飛び散っていたお骨は集められて、共同墓地の魂魄《こんぱく》の塔に納められていった。

浜の砂がパチパチ音のするような暑い日に、父は浜から板切れを探してきて、汗を流しながら、お墓の蓋を作っていた。

激戦地だった摩文仁野の、数多の犠牲者が白骨化した頃、その後片付けのため、真和志村民はその地に移動させられていたのである。散乱していた白骨は、ほぼ整理されていったが、砂浜に崩れていった御霊は、砂粒となって波打際でゆられていた。

いつの間にか四年生の一学期も終わったようであったが、その部分は空白のようになっている。祥子は、あの少年と学んだ掛け算の九九以来勉強したことはなかった。

また移動であった。行く先は、那覇に近い、国場川《こくばがわ》沿いのカカジバンタ米軍キャンプ跡であった。いかなる暮らしが待ち受けているのか、恐怖を抱きながら、ただ生きるために、だれもみな必死であった。

六章　嘉数岡端《カカジバンタ》

戦死者のカバンを漁る子等ありき「戦果」と言いつ黴雨のまにまに

昭和二十二年、真和志村民（現・那覇市）は、摩文仁の髑髏《どくろ》ヶ原のテント生活から、豊見城《とみぐすく》村（現・豊見城市）字嘉数《かかず》の通称カカジバンタと呼ばれている地へ移動になった。そこは、岡の急斜面の所を、見事に段々畑のように整地していて、米軍基地跡のテント宿舎が立ち並んでいた。各段の宿舎の前は三メートル幅ほど地均しされた直線路の形で、宿舎の周りはすべて整地されていた。

六か字《あざ》は、段ごとに割り当てられ、祥子たちの字楚辺《そべ》は、一番下の段であった。そこから、二メートルほど下は、荒れ果てた畑が広がっていて、その畑に沿って、国場川が流れている。川と畑の間には、低木の草木が鬱蒼としていた。その川の下流は那覇港である。その間に漫《まん》湖という小さい湖がある。

祥子たちは、母の実家の隣りのテント家に住むことになり、祖母は、寝た切りの弟のことがあるので、やんばるの収容所からずっと祥子たちと一緒であった。

十畳ほどのテント家《やー》は、真中は土間になっていて、両脇は三畳くらいの板の間になっていた。それに小さい台所とシャワー室があった。

薄手の敷き蒲団二枚と毛布二枚を、やんばるの収容所の頃からずっと大切に持っていたので、どうにか蒲団の上に寝ることができた。弟を中に祖母と母が一緒に、父と道子とカナ子に勝子、そして祥子が勝子に添い寝する。雑居寝生活も、これで四度目であった。

山原羽地《やんばるはねじ》収容所の頃、マーティンと呼ばれていた見回りの米軍兵の馬を避けようとして転倒し、頭を強打した弟は、その後時々引きつけ発作を起こすので、怯えて泣いている母に祖母が寄り添って、励ましながら必死に介護していた。

祥子たちが、艦砲射撃で脅えたあの避難先の今帰仁村の乙羽森《うっぱむい》近くの借家で生まれた勝子は、二歳になっていたが、赤ちゃんの頃から八歳の祥子が母親がわりに世話をしてきたので、十歳の祥子をまるで母親のように慕っていた。

嘉数バンタに移動してきて村民が困ったのは、御不浄であった。各段ごとに米軍士の使用していたトイレットがあったが、長身のアメリカ式のトイレットは、便器の位置は高く、丸い穴だけのものでその下は深く真っ暗であった。

御不浄へ行く時に、子供のいる母親は、近所の誰かと連れ立って行くのが多かった。祥子の妹のカナ子と道子には空缶に用足しをさせて、それを祖母が、御不浄まで捨てに行っていた。人々の中には、子供たちの便を近くの畑に埋めたり、畑の側を流れている国場川に流したりしている人もいた。

祥子は、はじめてそのトイレットに座った時、深い穴に吸い込まれそうな気がして怯えていたが、祖母が傍らで肩に手を添えたりしていたので、どうにか用足しができた。従姉妹のエミ子と和子の母親は、大柄の割には、臆病で、御不浄へ出掛ける度に伯父の怒鳴り声がしていた。

御不浄のことは、大きな問題になり、移動してきて五日ほどで、字《あざ》ごとに仮小屋のような御不浄ができた。母親たちは安心した表情で立話をしていた。

その数日後に、学童は近くの米軍基地あとのテント舎に集まるようにと通知があり、祥子は、勝子を連れて出席することにした。学童に集まるように呼びかけたのは、戦前の楚辺国民学校の宇久校長であった。その日、集まったのは二十人ほどであった。そのテント舎は、三十人は入れるような広さで二棟あり、長テーブルと長椅子が、テント舎いっぱいに置かれていた。

大きすぎて、高すぎるテーブルと椅子に、学童たちは戸惑いながら、居心地わるそうな顔でどうにか座っている感じであった。

校長先生は、学校が出来るまで子供たちを野放しにはできない、勇気づけと、励まして子供たちの気力が萎えないようにという思いから、この集まりを始めたのであったが、先生のお話は、子供たちの耳を素通りしていた。みんな饑《ひだる》い顔をしていた。

「もう少しの辛抱ですよ。近いうちに食糧の配給も始まるでしょう。また、学校もできるでしょう。帳面や鉛筆の配給もあるでしょう。それまでみんなで仲よく元気で、がんばって待ちましょう。それでは、元気を出してお名前と学年を話してみましょうか。それがすんだら今日はこれで終わりましょう。明日からは、九時に集まって十一時には帰るようにしましょう」

この日の出席は、三年生以上の男子と、三年生以上の女子が半々であった。

次の日は、女子の四年生と五年生がふえていたので、校長先生は嬉しそうな笑顔でお話を始められた。

「今日は、友だちがふえてよかったですね。誘い合って、できるだけみんなが出席するように励まし合いましょう。それでは、おふたりの自己紹介がすんだら、みんなで広場に出て、けんじ先生ときみ子先生と、一緒に体操をやってみましょうか」

広場に出て、けんじ先生の元気のいい声で体操をはじめたが、男子は殆どが、やる気なさそうにやっていた。幼い勝子は、祥子と一緒に手を上げたりして楽しそうであった。

「毎日幼い妹さんを、母親代わりに世話している祥子さんは、将来りっぱな知事さんにもなれる……」と、宇久先生から誉めていただいた言葉は、今も記憶の奥に残っているが、その頃の闇を視ている祥子には、嬉しいという気持ちは少しもなかった。

十歳の祥子にとっては、二歳の勝子の世話をすることは、並々ならぬことであったが、頭部の怪我故に、寝た切りになっている弟のことで、母と祖母が、必死になっていることを思うと、頑張ろう、負けられない、負けてはいけないという、負けじ魂のようなものが、植え付けられていった。

仮学級の帰り路、五、六年生の男子生徒数人で話しているのが気になって、祥子は耳を立てて聞いていた。近くの米軍駐屯地で、いろいろなものが簡単に「戦果《せんか》」できるから、明日の土曜日に行ってみようかという話を聞いた祥子は、もしかして薬や包帯などももらえるかもと単純な考えで、彼らについて行ってみることにした。

そこは、真和志小学校の跡地で、主に医療班が使用しているらしかった。使用済みでないような包帯や消毒薬のような瓶なども、鉄条網の外側のごみ置き場に沢山放り出してあった。

祥子は、弟のことを思いながら、その沢山の捨ててある廃物の中に両手を入れて、必死に包帯類を拾った。持参してきたリュックサックに入れて、神さま仏さまに祈るような気持ちで歩いていた。

持ち帰ったリュックサックの中を見て、母も祖母も声を出して泣いていた。祥子は、困惑と、切ない気持ちで涙が流れていた。その背中をやさしく摩《さす》りながら、祖母の言い聞かせるような声が、祥子の胸に入ってきた。

「こんな危険なことを二度としてはいけませんよ。それに、「戦果」という言葉を決して使ってはなりません。この包帯は、神さま仏さまに感謝をしながら使うことにしましょうね」

祖母は、その日の内に、その包帯を全部、熱湯消毒して干しておいた。

祥子がついていった六人の少年たちの「戦果」というのは、炊事場から出る残飯のことであった。誰からともなく、すごくおいしい残飯がもらえるということを、小耳に挟んで、残飯を「戦果」しに行ったのである。

見たこともない、そのおいしそうな残飯を頬張った六人の少年たちは、食中毒で腹痛を起こし、家族の人たちを怯えさせたが、運よくも、下痢だけですんで大きな騒ぎにもならずにすんだ。

宇久校長の耳に伝わり、先生は早々に、六人の家庭に見舞い訪問をして、子供たちや両親と家族の人たちが気落ちしないように、やさしく言葉を掛けて励まされた。

この件は、大きな波風も立たずに治まった。

そのことがあってから、数日後には、食糧の配給が始まるという連絡が入ってきた。

嘉数バンタから見下ろすと、国場川があり、那覇に渡る真玉橋《まだんばし》という、有名な由来記のある橋が架かっているが、その近くの畑だった所に、三棟の大きなテントの配給所が準備された。

戦後初の食糧の配給であった。メリケン粉、膨らし粉、缶詰類、粉卵、食油などの目新しいものだった。その配給を受け取るのに、六か字の人々は長い列をつくって、一時間以上も並んでいた。その配給ものを受け取ると、両腕に抱っこするようにして、どのお顔も嬉しそうにして、涙目をしていた。

その日から、どの家庭でもうどんを作ったり、パンを作ったり、粉卵とメリケン粉に青物を加えて、平たく油で焼く「ヒラヤーチー」などを作って楽しそうな笑い声や話し声が聞こえていた。

近くの荒畑の甘蔗の葉や菜っ葉など、また、食用にできる野原の野蒜やよもぎなども沢山生えていて、青物に困ることはなかった。

祥子は、野原で青物摘みをすることが、ことのほか好きであった。その時だけは、勝子を祖母に頼んで、ひとり野原で、夢みる夢子の気分で、草花と親しむひとときであった。

摩文仁の髑髏ヶ原のテント家に住んでいた頃は、祖母と従姉妹たちと一緒に、白骨の散乱している荒畑や野原、海の浅瀬などで、食用になるものを探し求めて歩き、祖母から生き抜くための知恵と工夫を教えられてきた。

食糧の配給が始まってからは、隣り近所の家からも笑い声が聞こえてきた。

仮校舎でも、学童たちが増えて楽しそうに話をするようになっていた。校長先生の話にも頷き、いい笑顔で耳を傾けていた。体操の時も、みんなが元気のいい声で、返事をするようになり、笑顔で楽しそうに、体操をするようになって、けんじ先生も、きみ子先生も、嬉しそうに声を弾ませていた。

まだまだ学業のできる状況ではなかった。

十一時ごろが下校時間であったが、男子児童たちは、昼食のことを思い浮かべながら、わがテント家《やー》に向かって、元気よく駆けていた。祥子は、妹の勝子を負ぶって、軍歌を唄いながら、「お兄さん」と呼んでいた医学生に負ぶってもらったことを思い懐かしみながら、いつかまた会える日のあることを夢みていた。

食糧配給があり、三度の食事が楽しめるようになって、子供たちも明るく元気な声で遊んでいた。その母親たちは、「やがてくる正月からはいい正月になるね」と、いい笑顔で立ち話をしていた。

祥子たちの家庭の中では、楽しく笑い合うことはできなかった。寝た切りの弟の痙攣発作の起きるのは、少なくなっていたが、長い間、祖母も母もいろいろと苦心しながら、弟の世話に明け暮れていた。その姿を見ていると、〈どうしてなの、どうして私たちにこんな苦しみを……どうして……なぜ〉と、そのことばが、祥子の胸裡で渦巻くようになっていった。その〈どうして……なぜ〉の渦に再び巻き込まれるようなことが起きてしまった。

妹の勝子が百日咳にかかり、楽しみだった仮学級を欠席することになったのである。祥子は怯えながら勝子を抱いて、祖母の側にぴったりと寄り添っていた。母はひどく怯えて泣いていた。

「大丈夫、風引きや百日咳は、昔から煎じもので治している。心配しないで、みんなでがんばろう」

と、祖母は母を元気づけながら、畑から蛙、畑の側の小川から鯉魚《クーイユ》を掬ってくるのであった。

祥子は、祖母の励ましと教えで元気を出して、毎日、野原と畑で、よもぎ、苦菜、たんぽぽ、甘蔗の葉などを摘んできて、祖母の手伝いをして頑張っていた。

その祥子に、父は「ありがとう、ありがとう」と言って涙ぐんでいた。

大好きな父は、近くの米軍基地で、大工仕事のような作業をしていた。父は、手先の器用であったため待遇がよかった。いつの時も、家族の生活のために一生懸命であった父、母と弟に付いていていてあげる時間はなかった。

母は、祖母に寄り添っていて、まるで一心同体の感じであった。

私たち家族は、祖母の愛情で助けられていた。勝子の百日咳も、祖母の知恵と工夫の、蛙や鯉魚《クーイユ》、蓬《フーチバー》などの煎じ薬の効力で、日に日に咳が軽くなり、少し痩せた感じではあったが、かわいい顔に笑顔がもどってきた。

父と母と祖母が、いい笑顔で話しているのを見ると、涙が出るほど嬉しかった。

妹の勝子は、五十日を過ぎた頃にはすっかり元気になっていた。祥子は、また勝子と一緒に、仮学級に行けることを楽しみにしていたが、その頃には、十二月に入っていて休校になっていた。祥子は、さみしい思いであったが、元気になった勝子と明るさをとりもどしたカナ子、道子たちと久しぶりに姉妹揃って童謡を唄ったり、数遊びをしたりして、声を出して笑い合っていた。

弟は変わらず寝た切りで、ことばを発することはできず、ただ泣き声だけであった。母は長い間の心労に負けて、自殺未遂をしたことがあった。居合わせた伯父が、母の飲んだ灯油を吐かせて手当てをして、大ごとにならずにすんだ。伯父は怒り、祖母は涙を流し背なをさすりながら、諭していた。父は、泣きながら母を抱きしめていた。カナ子も道子も大声で泣く。勝子は祥子の膝の上で泣いている。その妹たちを抱き寄せて、「大丈夫、大丈夫」と、歯を食い縛って宥《なだ》めるのに必死であった。

戦争に追われて、生死の境をさ迷っていた八歳の頃から、祥子は妹たちの世話や、妊婦だった母の手助けをすることを役目として頑張っていた。涙が出そうな時は、いつも歯を食い縛って、涙は呑みこむ——。

〈泣いたら負ける〉〈負けられません〉〈負けられません〉が、その時の苦難の道で身に付いた精神《こころ》を支える呪文のような口癖になっていった。

年明け早々に、移動の話が出て、仮学級は三ヶ月少々で終わりとなった。祥子は、わずか一ヶ月ほどの出席であったが、宇久校長のお姿は、今も心の中に思い浮かべることができる。

七章　真玉橋《まだんばし》

弟《おとと》が泣けば母も泣き出す戦後の闇歯を食い縛り母に寄り添う

今回の移動は、戦前の住居のあった場所に戻ることも可能であったが、場所によっては、米軍基地か、米軍の使用地になっていたため、大半は、米軍使用後のテント家《やー》への移動であった。

それぞれの準備次第で、三月はじめ頃には移動を始めていた。真玉橋を渡って、それぞれの割り当て居住地までは、二キロから三キロの距離で歩いて行ける範囲であった。

国場川に架かっている真玉橋は、真和志村民にとっては、戦後の生活への出発地点であった。艦砲射撃の嵐の中を生き延びてきた人々は、この先に始まるアメリカ世《ゆー》の生活に、大きな不安と生きている喜びとを抱き締めてのスタートであった。

その矢先に、字楚辺《あざそべ》のAさんという祥子の同年生の母親が、赤子（噂ではあをい目の赤子）を負ぶって入水《じゅすい》――真玉橋の下を潜り抜けて、国場川を浮きつ沈みつしながらその先の小さい湖を流れて、那覇港辺りで米軍の船に引き上げられたが、そのあとのことは不明であった。

Aさん母子が入水して、流れていくその悲惨な姿が、嘉数バンタの高台からはっきり見えていたので、人々のそのショックはかなり大きかった。暗い空気が流れていた。祥子の海馬から消えることのない、黒い記憶の中の一つである。

戦前の那覇市民だった祥子たちは、那覇市の一区から九区まである割当ての九区の地に行くことに決まったが、祖母の家族と遠く離れることになってしまった。伯父は仕事で具志川村にある米軍基地へ機械関係の主任として行くことになり、祖母と別れることになった母は、すっかり意気消沈して、寝た切りの恒次の手を握りながら涙を流していた。

「心配することはない。田舎の親戚の人たちに頼んである」

伯父の声であった。祥子と母は、顔を見合わせて頷いていた。数日後に、祖母の出身地である西原村から祥子より八歳上のフミ姉さんと、七歳上のヒデ姉さんが来てくれた。

狭いテント家《やー》の中が、急に賑やかになり、妹のカナ子も道子もよく笑うようになっていた。母の孝子にも、笑顔がもどっていた。

父の恒夫は、移転する割り当ての那覇市九区の地に、知人の畑地だった場所を借りて、自宅を建てるのに必死になっていた。手先の器用だった父は、那覇の泊港《とまり》の近くにあった米軍基地で、カーペンター班長として働くことになっていたので、スポイルのツーバイフォーやベニアの廃材をもらい受けて、大工経験のある知人三人で建てはじめ、わずか二十日ほどで粗方《あらかた》でき上がっていた。

トタンぶき平屋に移動したのは、祥子が五年生の三学期ごろであった。

頑張りズム父の働きで、テント家《やー》暮らしから抜け出て、どうにか普通の生活が始まろうとしていた。その頃は、まだまだ多くの人々は、テント家《やー》生活であった。

トタン家《やー》とはいえ、三部屋もあり、窓もあり、子供たちの小さい勉強部屋まであった。畑地だった借地は広々していて、前庭の角の方に汲み取りの御不浄があり、その周囲や垣根も裏庭も祖母の指導で野菜畑にして、フミ姉さんとヒデ姉さんが世話をしていた。へちま、ゴーヤー、南瓜《かぼちゃ》、冬瓜《シブイ》などあっという間に成長して、奇異なほど大きく育っていた。

咲き誇っている菜の花のまわりで、紋白蝶が楽しそうに舞っているのを見ながら、祥子が妹たちと蝶々の歌を唄い、今までになかった楽しい気持ちで遊んでいた時、近くで除草作業をしていたヒデ姉さんが、「大変だよー、人の骨が出てきたよー、人の頭が出てきたよー」と、頓狂な声をあげて逃げ出したので、妹たちが怯え声で泣き出して、祥子は「大丈夫、大丈夫」と言いながら、妹たちを庇うようにして家の中に駆け込んだ。

丁度、祖母が弟恒次の見舞いで、滞在していたおかげで、母はじめ子供たちもどうにか落ち着いていられた。

フミ姉さんが市役所に連絡に行き、担当の人たちがきて、土の中からお骨を取り出して、きれいにしたあとで、祖母が丁寧に拝みをして、そのあとでみんなでお祈りをした。それから役所の方が、那覇市の共同墓地へと納めることになった。

その頃は、あちらこちらで戦争犠牲者のお骨騒ぎや、不発弾で大怪我をする事故も多く、家の外で子供たちが遊ぶことはなかった。

祥子たちは、裏庭のお骨騒ぎがあったあとは、前庭の見える小さい勉強部屋で、唄ったり、勉強ごっこをしたり、お絵描きをしたりして、楽しく過ごすようにしていた。

弟の恒次は、相変わらず寝たきりで、泣くことと笑顔しかできない状態であった。その弟に、みんなが声を掛けてあげるようにしていたが、ただ、さみしい笑顔だけであった。

祥子が、中学一年の一学期の初めごろに、弟の恒次が高熱を出して、市の仮設診療所に入院することになったが、医師二名に衛生兵だった方が一名と、見習い看護婦が数人の、戦後間もない頃で不十分な診療所であった。

腕と太股《ふともも》に、ペニシリンとブドウ糖の注射をしたあとが化膿して手術することになったが、腕も太股も抉《えぐ》られて無残な状態になり、弟は意識を消失した姿になり、母は、ショックで卒倒して、弟の傍らに入院することになってしまった。

父は、米軍基地の仕事を辞して、母と弟の小さい入院室に泊まり込みで看病することになった。

祥子は、那覇中学校一年生になったばかりで、長期欠席をして、妹たちの世話をすることになった。家事のことはフミ姉さんとヒデ姉さんが居てしてくれたので、妹たちは、明るく元気であった。

母は、四、五日で元気を取り戻し、弟は運よく半月ほどで意識が戻り、腕と太股の化膿の手術あとも一ヶ月ほどで治癒して、退院することができた。その弟は、相変わらず寝たきりでことばのないさみしそうな笑顔だけである。痩せ細った弟の腕と太股の深い傷あとを見るのは苦痛であった。

祥子は、中学一年の二学期から学校へ行くことになったが、その頃から祥子は、学校の勉強に身が入らなくなっていた。

〈なぜ、どうして〉の疑問を抱いて、授業中も帳面に落書きをしていた。先生から再三の注意を受けて「理屈っぽいね」と、言われるようになっていた。

戦後乱の波にゆられて、中学校もテント校舎を三回も場所を転々として、中学三年になった頃に校舎らしい建物が出来つつあった。教室は窓があり明るい雰囲気の中で、高校受験を前に先生も生徒も頑張っていた。

祥子は、胸裡に抱えている闇を少しでも晴らして高校受験に臨もうとして、那覇市役所で改名手続きをすませた。戦後間もない頃で、十五歳の少女でも簡単にできたのであるが、但し、高校入学は、長期欠席が問題になって不合格とされたが、小・中学校の先生のお口添えで合格となった。

父は、米軍基地のカーペンターの仕事を辞したあと、友人たちと畜産業の会社を設立して、公設市場でそれぞれに食肉の販売を始めるようになった。父の牛肉専門店は、商売繁盛で従業員が八人もいた。父は、牛の買付けに運転手と一緒に田舎中を走りまわっていた。

祥子たち家族は、父の働きのおかげで食卓は恵まれていたが、寝た切りの弟の姿と、看病に明け暮れる母の哀しい姿を見ながら成長してきた祥子のこころは、戦争に対する〈なぜ、なぜ、なぜどうして〉の疑問符が、絡みついてはなれない。

祥子が高校一年の頃には、与儀《よぎ》十字路近くの大通りに面した、赤瓦屋根の二階建の新築に移転していた。一階は、母のために雑貨店にしてあった。客との付き合いで母が明るくなれるようにと、父の愛情からであった。

商売不馴れの母が、一ヶ月を過ぎた頃からは、客との会話も楽しそうにいい笑顔の母にもどっていた。親戚の人たちが訪ねてくることも多くなり、明るい雰囲気の家庭になっていた。

祥子は、相変わらず戦争と弟のことで物思いにふけることが多く、高校での授業中も何かを読んでいたり落書きをしたりしていた。ふっと思い立って、高校の近くにあったキリスト教会を訪ねてみることにしたが、祥子には難問で理解し難く、一ヶ月ほどで教会を去ることにした。

どんよりした気持ちで、戦後の小さい商店通りを歩いていると、トタン屋根の小さい店があり、戦渦の焼け跡から拾い集めたような鍋などの側に、数冊の本らしき物が目に留まったので、手に取ってみると、今にもバラバラに散って仕舞いそうに古ぼけた啄木歌集の文字が祥子をおどろかせた。すかさず「これください」といって、石川啄木歌集二冊を二十五セントで求めた。祥子は、まるで夢の中に居るような不思議な気分であった。

戦後の本屋もない時に、見たこともなかった啄木歌集との出会いは、初恋の人に出会ったような気持ちで抱きしめて、ときめきを覚えていた。

悲しみや辛いことを紙に書き捨てることで気分転換していた祥子は、この二冊の歌集に出会い、考えを思いめぐらし書くことで、多くの言葉を学べることに気づかされたのである。思い付くままに、詩歌や文章を書き続けることで、寝た切りの弟の世話をしている時も、明るい気持ちで接することができるようになった。

祥子が高校を卒業する頃には、パスポート持参で、本土の大学へ進学することが出来るようになっていた。祥子は国文学志望であったが、弟のために、栄養学科の短期部を卒業することにした。

上京して学生生活を送っていた時、たまたま国文学の教授に声をかけられて、國學院生の短歌研究会に参加することになったが、残念ながらの一年での別れとなった。

卒業して沖縄に戻った祥子は、栄養を考えた献立表を作って、母と寄り添い、楽しく会話をしながら、明るい雰囲気で弟の食事の世話をしていた。

弟も楽しそうないい笑顔をして元気そうであったが、十五年間も寝た切りの弟には、摂取した栄養素を十分に消化吸収する力が衰えていて、手足の筋肉がないため、骨と皮だけのような、栄養障害の状態になっていた。

顔立ちのいい綺麗な瞳の、十八歳の男に成長していた弟は、哀しそうなその瞳で、じっと祥子を見詰めていることが多くなっていた。その年の晩夏の頃、その瞳を覚ますことなく、夢の国へと旅立っていった。


緑鳩《あおばと》の鳴く夜は、ふっと記憶の扉が開き、おどろおどろしい闇の向こうから、祥子の顳顬《こめかみ》を刺すような泣き声が聞こえてくる。

野に山に、艦砲射撃で手足をバラバラに飛ばされた人々のもの悲しい声。神風特攻隊のポンポン船の悲惨な叫び声。小さい戦闘機から白いマフラーを振っていた〈サヨナラ〉の哀しい声。自害して果てる兵士の〈天皇陛下バンザイ〉の悲痛な声。戦獣の被害にあった女性たちの啜り泣く声。弟の痛みに耐える弱々しい泣き声。学童疎開の友は船が沈没してみな海の底、〈怖いよこわいよ〉の泣き叫ぶ声。

時折、海風《うみかぜ》の泣く声が聞こえてくると、祥子は戦争への怒りと疑問、皇居を神霊として礼拝する疑問、難問に苦悩してしまう。

祥子の母は、戦後もずっと、床の間の上の方に、天皇神の写真を飾って礼拝していた。多くの国民が、皇居に向かって合掌することは習慣であった。

十五年間も寝た切りの息子を抱えていた母は、精神疲労で三度も自殺未遂をしているが、父や祖母の支えもあって、母はしっかりと五人の子供たちを育て上げていた。

その母の背なに、祥子はいつも黒い記憶の影を見詰めていた。

解説　九歳の少女が目撃した沖縄戦の実相と真実

大城静子『黒い記憶――戦場の摩文仁に在りし九歳の――』に寄せて

鈴木比佐雄

1

私は年に何度か沖縄本島を訪れる際に、那覇空港からゆいレールに乗り、おもろまち駅で下車し近くのホテルに宿泊することが多い。そのホテルの背後のひっそりとした高台には何かただならぬ歴史を感じさせる存在感があり、ある時に調べてみると、この地域は一九四五年五月の沖縄の地上戦でも最大の激戦地であり、当時はすりばち丘（安里五二高地）と言われ、米軍はシュガーローフの丘と名付けていた。

米軍は三月二十六日に慶良間《けらま》諸島に上陸するが、それ以前の三月二十三日から沖縄本島へ一週間で十一万発の砲弾を撃ち込み、一六〇〇機の艦載機で爆撃・機銃掃射を加えて、四月一日に一五〇〇隻もの艦船の米軍五十四万人の内の十八万人が中部の読谷村《よみたんそん》・北谷町《ちゃたんちょう》に上陸し、北飛行場（読谷飛行場）と中飛行場（嘉手納飛行場）を占領し、沖縄本島を南部と北部に分断した。そして日本軍司令部がある南部の首里城と北部の本部半島に向けて進軍した。南部に進軍した米軍に対して、十一万人と言われた日本軍・沖縄出身の軍人・学徒兵は嘉数高台《かかずたかだい》や前田高地などで反撃し、四十日間の凄まじい戦いになった。そして首里城の司令部の最後の砦だったシュガーローフの丘を、米軍は六日間に二六六二人の死者を出しながらも占領した。この地を守る日本軍は五〇〇〇人だと言われていたので、その多くは亡くなった可能性があるかも知れない。その結果、日本軍は首里城地下の司令部を放棄し、南部の糸満市摩文仁へと撤退せざるを得なかった。沖縄の悲劇は南部の糸満市摩文仁だけでなく、私が宿泊するおもろまち駅周辺の地でも存在していたのであり、それらを含めて事実を受け止める必要があると痛感したのだ。

この丘の先には今では新都心と名付けられて多くの大型ショッピングセンター、ホテル、銀行、県立博物館などが立ち並んでいて沖縄の戦中・戦後の歴史を同時に感受させてくれる。ホテルの背後にある高台に登れば、シュガーローフの戦いのモニュメントが存在し新都心を見下ろしている。このように沖縄本島の地上戦の悲劇の痕跡は、今も沖縄戦とは何であったかを語り掛けてくれる。そして本書の作者大城静子氏のような沖縄戦体験者たちがこの那覇などの地でいかに生き延びたのか、その苦悩の歴史に思いを馳せてしまうのだ。

2

一九三六年に沖縄県に生まれた大城静子氏とは、二〇一六年二月頃に沖縄で開催された日本現代詩人会の西日本ゼミナールの交流会で席が近く名刺交換をし、詩歌についてお話したことが交流のきっかけだった。その際に私の著書や文芸誌「コールサック」などを寄贈したところ、大城氏からも二冊の歌集『摩文仁の浜』と『記憶の音』を手渡されたのだった。それらを拝読して、「コールサック」や『アジアの多文化共生詩歌集』への寄稿を勧めたところ参加して下さり、「コールサック」の最新号に至るまで短歌や詩の定期的な寄稿は続いている。ある時に短歌や詩の校正の件で電話をしたところ、大城氏から長年にわたり雑記帳を記し沖縄戦の体験も書き残していて、一部は短歌として発表してきたが、ノンフィクション小説として書いてみたので読んで欲しいと言われたのだ。早速送って頂き拝読して驚いたことには、一九四四年十月十日の那覇空襲体験から翌年の沖縄戦の終結まで、さらに収容所内での出来事などを記し大城氏の家族がどのように逃避行したか、八歳から九歳の少女である祥子の目を通して、沖縄戦の圧倒的なリアリティの壮絶さとそのただなかにいた家族や出会った多くの人びとの心情が克明に記されてあったのだ。

沖縄戦といえば、「1」で触れた一九四五年三月二十六日頃からの艦砲射撃と読谷村の残波ビーチ周辺への上陸から始まるような記述が数多くある。しかしその前年の一九四四年七月にマリアナ諸島のサイパン島が米軍に占領されて、日本本土への爆撃が可能となった。十月下旬の日米の最大の海戦と言われたレイテ沖海戦が始まる前に、米軍は南西諸島に配置されていた日本軍艦船への沖縄大空襲を開始し大被害を与えたが、特に沖縄本島への十月十日の那覇空襲があり、旧那覇市内の九割が焼失し、七百名近くの死傷者が出ている。本書の主人公の祥子は八歳になるころに那覇空襲に遭遇し、姉が行方不明になったが、父母、二人の妹、弟、祖母たちの家族で中部・北部への逃避行を開始する。このことからたぶん祥子の家族だけでなく、多くの沖縄人にとっての沖縄戦とは、十月十日の沖縄大空襲や那覇空襲の逃げ惑う体験から始まっているのだろう。

本書の大扉を開けると、大城氏の短歌「戦場の摩文仁に在りし九歳の黒い記憶の渦巻きて消えず」が記されている。この短歌の中の「黒い記憶」をタイトルとし、「戦場の摩文仁に在りし九歳の」をサブタイトルとした。自らの分身である祥子という少女の「黒い記憶」に沖縄戦の実相を語らせたいと願ったのだろう。それにしても、九歳の少女が抱く「黒い記憶」という言葉はなんと痛ましい言葉なのだろうか。しかしそれ以外に表現しようがなかったに違いない。このノンフィクション小説の原型は雑記帳や短歌ノートであり、それを基にして大城氏が目撃した沖縄戦の実相や真実をノンフィクション小説として執筆していったのだ。

3

本書は一章「赤とんぼ」、二章「十月十日空襲」、三章「夕嵐」、四章「やんばる」、五章「摩文仁《まぶに》」、六章「嘉数岡端《カカジバンタ》」、七章「真玉橋《まだんばし》」の七章から構成されている。大城氏は沖縄戦当時では八歳であった。敗戦から五十年後の六十歳頃に日本橋の欄干に赤とんぼを見て、一九四四年十月十日の那覇空襲のB29などを想起した。そして旅客機の音が沖縄戦の爆撃機や戦闘機の音と重なってきて、八歳の時にタイムスリップするような思いにとらわれて、当時の「黒い記憶」を再現し、主人公の祥子に託して後世にその記憶を伝えようと大城氏は考えたのかも知れない。

各章の短歌と特に心に刻まれる「黒い記憶」を紹介したい。

一章「赤とんぼ」は短歌「いくさ前夜空を埋めたるあのとんぼこの世の不思議まなこに消えぬ」から始まる。そして次のように不吉な予感は現実となったのだ。

《とんぼ騒ぎで、不吉な予感を抱いていた母の心配そうな声と、父のやさしい声が夜遅くまで聞こえていた。妹のカナ子と道子は、すやすやと寝息を立てていた。祥子は、赤とんぼのことが不思議に思えて、なかなか寝付かれないでいた。／偶然というには、あまりにも不思議な出来ごとであった。赤とんぼが飛んで来たその翌朝、西の空から大群の敵機は唸りを上げて飛んできた。》

とんぼの記憶によって、那覇空襲の前にとんぼの大群が舞っているのを見て近所のおばさんたちが「いくさのまえぶれだね」と話していたこともまざまざと甦ってくる。

二章「十月十日空襲」の短歌「ぐつぐつと燃えつづけたり那覇の町十月の空真っ赤に染めて」では、那覇空襲の紅蓮の炎が街を焼き尽くす光景が記されている。また、人びとが逃げ惑い疲れ切っても逃げざるを得ない姿を、次のように描写している。

《那覇市の空は、あの美しい夕焼けの彩雲ではなく、家々の燃える炎で染まっていた。祥子たちは、その那覇を背に受けながら、与儀の農事試験場に向かって坂を下りた。暗くなった畑の細道を通り抜けて、与儀の十字路に出た。そこには、息を呑むほどの大勢の人が歩いていた。那覇の戦火の中から、逃れてきた人で道はうまっていた。疲れきって、ただ黙々と、足を引きずっていた。》

都市を無差別に空襲され焼き滅ぼされてしまうことの恐怖は、きっと体験してみなければわからない程の恐怖感であったろう。祥子にとっては空襲・空爆の非情さ、不気味な音と街がるつぼのように燃えていく様は地獄の窯のような在り様だったろう。

三章「夕嵐」の短歌「せくぐまりバナナの葉蔭に見上ぐれば不気味に光る偵察機の

腹」では、那覇空襲の後には米軍に制空権を奪われて、偵察機によって監視されているような恐怖感を抱いていたことが伝わってくる。

《父が見つけてきた洞窟《ガマ》は、岩山に大きな口をあんぐり開けていた。奥行の無いごつごつした岩地に草木の茂った穴であった。わずかにあった岩陰に、父はまるで鳥が巣作りをするように、畳を一枚運んできて子供たちの巣を作った。吹けば飛ぶような祥子たちの巣穴からは、敵機の飛んでいるのがよく見えた。天敵に狙われた小鳥のようにふるえていた。》

大本営の戦略が本土決戦までの時間稼ぎの持久戦に持ち込み、足らない兵力を沖縄の成人男性だけでなく若い学生までも学徒動員させて補い、沖縄人の生命・財産などは度外視し、徹底抗戦させてしまったのだ。艦砲射撃や空襲・空爆によって、逃げ場のない女性や子供たちの暮らしていた場所も戦場になってしまったのだ。

四章「やんばる」の短歌「艦砲射撃《かんぽう》に逃げ惑う難民野兎《やと》のごと照明弾に浮き出されつつ」では、「照明弾」の合図によって夜の闇も閃光によって切り裂かれ、難民となった沖縄人は艦砲射撃にさらされたのだろう。

《照明弾が上がりはじめてから、小半時は経ったであろうか、空を引き裂くような音とともに艦砲射撃は始まった。樹々も山も吹き飛んでしまいそうな暴風の嵐が続いた。忽《たち》ち壕《ま》の屋根は吹き飛ばされてしまった。覚悟を決めた父と母は、頭から被っている蒲団の中でしっかりと、子供たちを抱き寄せていた。妹のふたりが泣き出して、カナ子はまるで狂ったように泣き喚き、一家六人阿鼻叫喚の渦の中に呑まれていた。艦砲の嵐は夜通し続いていた。恐怖に堪える限界にきていた祥子は、早く殺してくださいと願っていた。》

八歳の少女の「早く殺してくださいと願っていた」という言葉こそが、空爆や艦砲射撃の砲弾が飛び交った地で、大城氏が恐怖感から吐かれた言葉の真実なのだと了解できるだろう。

五章「摩文仁《まぶに》」の短歌「螢火は摩文仁ヶ原を埋め尽し水無月の風よもすがら泣く」では、収容所を出た後に祥子たち家族は南部の摩文仁ヶ原に各字《あざ》ごとにテント小屋を建てて暮らすようになり、そこで死者たちのすすり泣きが聞こえてきたのだろう。

《三年生以上の学童も、近くにあったひめゆり部隊の洞窟《ガマ》まで、一袋ずつの砂を運ぶ手伝いに出たが、その洞窟の中に見たものは、真っ黒になった女学生の髑髏《どくろ》であった。大きく開いたその口元から、絶叫する声が祥子の耳奥に突き刺さって、震えが止まらなかった。／〈神さま、み仏さま助けて下さい、助けて下さい〉と祥子は必死に祈り続けていた。その時の衝撃は後遺症となって、時折、祥子は夢でうなされていた。》

大城氏は祥子の見た「真っ黒になった女学生の髑髏《どくろ》」こそが「黒い記憶」だったと物語っているのだろう。その衝撃は消えることなく、大城氏はこの描写として結実させて、多くの人びとの心にも女学生の叫びを届けたいと願っているのかも知れない。

六章「嘉数岡端《カカジバンタ》」の短歌「戦死者のカバンを漁る子等ありき「戦果」と言いつ黴雨のまにまに」では、子どもたちが戦死者のカバンやゴミ捨て場などから物品を漁っていたことを記している。

《祥子は、弟のことを思いながら、その沢山の捨ててある廃物の中に両手を入れて、必死に包帯類を拾った。持参してきたリュックサックに入れて、神さま仏さまに祈るような気持ちで歩いていた。／持ち帰ったリュックサックの中を見て、母も祖母も声を出して泣いていた。祥子は、困惑と、切ない気持ちで涙が流れていた。その背中をやさしく摩《さす》りながら、祖母の言い聞かせるような声が、祥子の胸に入ってきた。「こんな危険なことを二度としてはいけませんよ。それに、「戦果」という言葉を決して使ってはなりません。この包帯は、神さま仏さまに感謝をしながら使うことにしましょうね」》

子供心に弟の介護のために包帯が必要だからと危険を冒して盗んできたのだが、母や祖母に泣かれたことは、祥子にとっても深い心の傷になったに違いない。しかし祖母の言葉に救われて前を見ることができたのだろう。

七章「真玉橋《まだんばし》」の短歌「弟《おと》が泣けば母も泣き出す戦後の闇歯を食い縛り母に寄り添う」では、大城氏は三歳の時に事故で寝たきりになった弟の看病で疲れ果てている母に寄り添い、母を手助けすることが最も大切だったことが理解できる。二人の妹に対しても母の代わりとして面倒を見ていたことが作品の中で記されている。

《野に山に、艦砲射撃で手足をバラバラに飛ばされた人々のもの悲しい声。神風特攻隊のポンポン船の悲惨な叫び声。小さい戦闘機から白いマフラーを振っていた〈サヨナラ〉の哀しい声。自害して果てる兵士の〈天皇陛下バンザイ〉の悲痛な声。戦獣の被害にあった女性たちの啜り泣く声。弟の痛みに耐える弱々しい泣き声。学童疎開の友は船が沈没してみな海の底、〈怖いよこわいよ〉の泣き叫ぶ声。／時折、海風の泣く声が聞こえてくると、祥子は戦争への怒りと疑問、皇居を神霊として礼拝する疑問、難問に苦悩してしまう。》

大城氏はこのように自らの壮絶な体験の中で出会った様々な人びとの苦悩を掬い上げながら、多様な問題提起をされている。この大城静子『黒い記憶――戦場の摩文仁に在りし九歳の――』が沖縄戦のことを振り返る際の貴重な民衆史を記した書であると、沖縄を愛する人びとに読み継がれることを願っている。

芥川賞作家の又吉栄喜氏が内容を評価して下さり、また大城氏の旧姓が又吉で、父や先祖が又吉栄喜氏と同じ浦添の出身で縁があり、帯文を執筆して下さったことに心より感謝申し上げたい。最後にその帯文を引用させて頂く。

《実体験のリアリティーが全編にしみこみ、心ならずも読者は戦争の話に寝食を忘れる。まさに驚愕の小説が出現した。》

著者略歴

大城静子（おおしろ　しずこ）

1936 年沖縄県那覇市生まれ。旧姓又吉。

那覇高等学校卒業（8 期生）。相模女子大学短期大学部卒業。

安謝小学校・中学校教員を務め、沖縄精神薄弱児育成会（現・公益社団法人沖縄県手をつなぐ育成会の前身）の発起人となる。

その後、茶道教室・華道教室（池坊）、琉球かすり工房などを経営、日本クラリービジネスに勤務した。

歌集『摩文仁の浜』（2003 年）、歌集『記憶の音』（2016 年）、小説『黒い記憶 ―戦場の摩文仁に在りし九歳の―』（2023 年）。

現住所

〒 271-0092　千葉県松戸市松戸 1057-1
ロイヤルシャトー松戸 401

石炭袋

黒い記憶 ――戦場の摩文仁《まぶに》に在りし九歳の――

2023年6月23日初版発行
著　者　大城静子
編　集　鈴木比佐雄　座馬寛彦
発行者　鈴木比佐雄
発行所　株式会社 コールサック社
〒173-0004　東京都板橋区板橋2-63-4-209
電話 03-5944-3258　FAX 03-5944-3238
suzuki@coal-sack.com　http://www.coal-sack.com
郵便振替　00180-4-741802
印刷管理　（株）コールサック社　製作部

＊装丁　松本菜央

落丁本・乱丁本はお取り替えいたします。
ISBN978-4-86435-569-8　C0093　¥2000E